Audrey Vernon
Geld spielt keine Rolex

PIPER

Zu diesem Buch

Die Forbes-Liste mit den reichsten Menschen der Welt inspirierte Audrey Vernon dazu, den Herausforderungen des Kapitalismus auf ihre ganz eigene Art zu begegnen: Sie ehelicht einen imaginären Milliardär. In diesem Buch teilt Vernon auf bitterbös-ironische Art ihr Wissen über die reichsten Menschen der Welt und zeigt Verbindungen auf zwischen Produkten, die wir kaufen, und den Milliardären dahinter, die ständig noch reicher werden. Denn wohin wandert unser Geld eigentlich, wenn wir einen Lippenstift von Dior kaufen, bei Amazon bestellen oder einen neuen Handyvertrag abschließen?

Audrey Vernon, geboren 1980 in Marseille, ist Schauspielerin, Komikerin und überzeugte Marxistin. Sie arbeitete für Theater und Film, bevor sie 2005 mit ihrem ersten eigenen Programm auftrat. »Wie angelt man sich einen Milliardär?« ist Vernons zweites Bühnenprogramm und wurde vielfach ausgezeichnet.

Audrey Vernon

Geld spielt keine Rolex

Ich und die Superreichen

PIPER
München Berlin Zürich

Mehr über unsere Autoren und Bücher:
www.piper.de

FSC
www.fsc.org
MIX
Papier aus verantwortungsvollen Quellen
FSC® C083411

Originalausgabe
Juni 2016

Umschlaggestaltung: ZERO Werbeagentur, München
Umschlagabbildung: John Waxxx
Satz: Uhl+Massopust, Aalen
Gesetzt aus der New Century
Druck und Bindung: CPI books GmbH, Leck
Printed in Germany ISBN 978-3-492-30590-7

Es gibt nur eine Gesellschaftsschicht, die mehr ans Geld denkt als die Reichen: die Armen. Die Armen können an nichts anderes denken. Darin liegt ihr Unglück.

Oscar Wilde

Morgen werde ich heiraten. Also ist dieser Abend heute mit Ihnen so etwas wie mein Junggesellinnen-abschied. Und zur Feier des Tages verrate ich Ihnen alle meine Erfolgsgeheimnisse. Ich heirate nämlich einen Milliardär. Ich bin so glücklich!

Verdienen Sie vielleicht über zehn Millionen Euro im Jahr?

Nein? War ja klar. Schon wieder ein armer Schlucker …

Nicht so schlimm. Denn wie heißt es immer so schön: »Die Armen sind arm, aber glücklich.«

Jedenfalls erkläre ich Ihnen jetzt sicherheitshalber mal, was genau ein Milliardär ist. Arme Leute kennen sich ja mit größeren Summen nicht so gut aus.

Ein Milliardär ist jemand, der 999 Millionen hat … plus eine. Auf der ganzen Welt gibt es nur 1826 davon.* Wären Milliardäre eine Tierart, würden sie unter Artenschutz stehen. Deshalb darf man sie auch

* Alle Angaben zu Milliardären und ihrem Vermögen beziehen sich auf die Forbes-Liste, Stand: Januar 2015. Die Vermögensangaben sind in US-Dollar.

nicht ihrer Felle wegen jagen und auch kein Sushi aus ihnen machen.

Ganz oben steht der reichste Mann der Welt, Bill Gates. Danach kommt Carlos Slim Hélu, dicht gefolgt von Warren Buffett. Er ist der Chef von Berkshire Hathaway, einer Investmentgesellschaft. Er kauft Aktien, und dann verkauft er sie wieder. Er stellt nichts her, er hat nichts erfunden, und trotzdem hat er 70 Milliarden – ich *liebe* Warren!

Dabei gönnt er sich nie ein neues Auto, wohnt immer noch im selben Haus wie früher und hat die Kellnerin aus dem Café gegenüber geheiratet. Und er hat in seinem ganzen Leben nur eine einzige Reise gemacht. Nach China. Aber da fand er es öde. Ansonsten ist er glücklich, wenn er jeden Freitag sein T-Bone-Steak serviert bekommt.

Und er ist die Nummer 3. Die Nummer 3 von sieben Milliarden Menschen auf der Welt.

Wenn er stirbt, verschenkt er sein gesamtes Vermögen. Und zwar an … Bill Gates. Für seine Stiftung. Die kümmert sich darum, dass Schulen neu gestrichen werden und so. Aber Topqualität, handgepinselt!

Der gute Warren. Er will den Armen alles zurückgeben.

So richtig verstehe ich das ja nicht. Sein Leben lang hat er von der Arbeit armer Leute profitiert, indem er – übrigens ziemlich erfolgreich – versucht hat, ihnen möglichst wenig Lohn zu zahlen. Und auf dem Sterbebett will er ihnen dann verkünden: »Überraschung! Ich hab's nicht so gemeint!«?

Warum hat er denn die Leute überhaupt ausgebeutet, wenn er ihr Geld hinterher gar nicht mehr haben will?

Das ist genauso wie diese Angler, die nur zum Spaß Fische fangen und sie dann wieder ins Wasser werfen. *Fair Play*. Noble Geste.

Ich für meinen Teil finde nichts Nobles daran, einem Fisch das Maul mit einem Angelhaken zu durchbohren.

Und Warren, tja, Warren bereichert sich offenbar nur aus sportlichem Ehrgeiz auf Kosten anderer Menschen.

In Deutschland gibt es 103 Milliardäre. In Frankreich sind es nur 49. Aber immerhin.

Ganz oben auf der Liste stehen Bernard Arnault, François Pinault und Liliane Bettencourt. Genau, ihr gehört L'Oréal. Sie hat sage und schreibe 34 Milliarden. Und, unter uns gesagt, sie macht die Cremes noch nicht mal selbst.

Bernard Arnault gehört dieser Luxustaschen-Champagner-Cognac-Konzern, Louis Vuitton-Moët-Hennessy. Er ist die Nummer 13. Liliane Bettencourt ist die Nummer 10, und François Pinault, dem unter anderem Gucci und Yves Saint Laurent gehören, die Nummer 65. Von sieben Milliarden Menschen.

Genau deshalb wollte ich mir unbedingt einen Milliardär angeln. Damit ich sagen kann: »Guten Tag, mein Name ist Audrey Vernon, schön, Sie kennenzulernen. Ich bin Schauspielerin, und von den sieben Milliarden bin ich die Nummer 33!«

Keine Ahnung, warum Frauen in meinem Alter alle für Popstars und Schauspieler schwärmen. Mensch, Mädels, habt ihr Stroh im Kopf?

Gestern Nacht habe ich geträumt, ich wäre mit Jude Law zusammen. Es war schrecklich. Der Typ ist doch ein Loser!

Sind Sie zufällig eine Frau? Eine Single-Frau in meinem Alter? Tatsächlich? Dann habe ich eine super Strategie für Sie …

Kennen Sie Bruno Lafont? Nein? Typisch! Brad Pitt, Johnny Depp, die sagen Ihnen natürlich was. Aber Bruno Lafont: Fehlanzeige. Dabei ist er der Chef von Lafarge, dem weltweit größten Betonhersteller. Und er ist Milliardär.

Wer hätte gedacht, dass man es mit Beton zum Milliardär bringen kann? Beton gibt es mit ganz vielen verschiedenen Eigenschaften und in ganz vielen Sorten: Spannbeton, Waschbeton, Grobbeton, Magerbeton, Schüttbeton zum Beispiel. Und es gibt sogar selbstnivellierenden Beton, der besonders glatte Flächen bildet. Die müssen hinterher nicht mehr verdichtet werden. Für die Bauarbeiter ist das echt praktisch.

Et voilà, eines meiner kleinen Erfolgsgeheimnisse: Wenn Sie sich einen Milliardär angeln wollen, müssen Sie sich schon ein bisschen für seinen Beruf interessieren. Bei Bruno Lafont zum Beispiel sollten Sie keinesfalls Gips, Zement, Beton und Mörtel verwechseln. Die haben echt nichts miteinander zu tun.

Also hier mein Rat. Sollten Sie bei einem internationalen Hängebrückenkongress zufällig Monsieur Lafont begegnen, dann könnten Sie Folgendes sagen:

»Bruno? Bruno Lafont? Ich bewundere Ihre Arbeit! Besonders Ductal! Das ist mein absoluter Lieblingsbeton. Diese Plastizität! Die Druckfestigkeit! Diese unglaubliche Zugbelastbarkeit! Und dann ist Ductal auch noch dreimal langlebiger als normaler Beton – das ist wirklich genau die technische Innovation, auf die ich mein Leben lang gewartet habe! Wollen wir darauf ein Schlückchen zusammen trinken?«

Wenn Sie Bruno *das* sagen … dann schmilzt er dahin. Garantiert.

Ich muss Ihnen etwas anvertrauen.

Eigentlich bin ich ja Komikerin. Ich habe One-Woman-Shows gemacht. Stand-Up-Comedy. Aber das Problem war, dass meine Sachen nie wie Comedy rübergekommen sind. Gags sind nun mal meine schwache Seite. Und schlagfertige Kommentare auch. Zum Beispiel, wenn jemand aus dem Publikum etwas dazwischenruft. Anderen Comedians fällt da immer spontan etwas Spaßiges ein, oder etwas Geistreiches. Aber bei mir: völliger Blackout.

Neulich zum Beispiel, da hat jemand im Publikum geniest, und mir war sofort klar: Los jetzt, du musst was sagen, was Lustiges! Nach einer Ewigkeit ist mir dann endlich etwas eingefallen:

»Gesundheit.«

Ich habe einfach keinen Humor. Und ich bin auch nicht schlagfertig. Für eine Komikerin ist das ein ziemliches Handicap.

Deshalb heirate ich jetzt.

Von meinen One-Woman-Shows werde ich mich nämlich kaum ernähren können. Also habe ich mir gesagt: Dann musst du eben heiraten und Kinder kriegen.

Aber nein, doch nicht um sie zu verkaufen! Also wirklich, was denken Sie nur von mir, das ist ja schrecklich!

Morgen heirate ich also einen Milliardär.

Dabei standen meine Chancen ziemlich schlecht. Ich habe die statistische Wahrscheinlichkeit an den Fingern abgezählt. Sie stand bei 1:6 für eine Ehe mit einem Mann, der hungert. Nein, kein Magersüchtiger – ein Unterernährter, meine ich.

1:4 für eine Ehe mit einem Mann, der von weniger als 1,25 Dollar täglich lebt, ein *ziemlich* armer Mann also. Einer aus Asien oder aus Afrika. Da unten sind sie alle so arm, dass sie noch nicht mal einen Vornamen haben.

1:2 für eine Ehe mit einem Mann, der von weniger als zwei Dollar täglich lebt. In Paris kommt man damit keine zehn Meter weit.

Und meine Chancen standen eins zu acht Millionen für eine Heirat mit einem Milliardär.

Wie man sich so einen Milliardär angelt? Das ist kein großes Geheimnis. Sondern schlicht gründliche Arbeit.

Man muss die *Forbes*-Liste studieren. Das ist eine jährlich erscheinende Aufstellung, in der alle Milliardäre namentlich aufgeführt sind, in abnehmender Reihenfolge. Und mit Fotos. Ich habe sie mir alle in Postergröße an die Wand gehängt. Offen gestanden ist George Clooney schöner. Aber er ist nicht auf der Liste.

Auf der Liste steht überhaupt kein Schauspieler. Auch kein Fußballer. Auch kein Popstar. Aber immerhin gibt es einen Clown. Guy Laliberté. Er ist aus Kanada und hat den *Cirque du Soleil* gegründet. Auf der *Forbes*-Liste ist er die Nummer 1006.

Nicht schlecht für einen ehemaligen Feuerschlucker.

Er ist wirklich durch und durch Milliardär. In seinen letzten Ferien zum Beispiel hat er die Sojus gebucht. Nein, das ist kein Kreuzfahrtschiff. Das ist ein Raumschiff! Weltraumurlaub – das hat was. Ferien auf der Erde sind was für Langweiler.

Ab morgen darf ich nicht mehr arbeiten. Das ist nicht standesgemäß. Dafür werde ich meinen Mann haben, ich werde Kinder haben – oder jedenfalls etwas in der

Art –, ich werde eine Einbauküche haben, einen Friseur, einen Thermomix…

Zuerst wollte ich ja einen Fußballer heiraten. Fußballer, das ist ein schöner Beruf. Ein ehrlicher Beruf. Damit ist ein Fußballer bedeutend besser als ein Trader. Wenigstens spielt er mit einem Ball statt mit dem Geld fremder Leute.

Aber Fußballer heiraten meistens Models. Da entspreche ich leider nicht ganz dem Anforderungsprofil. Und zu alt bin ich auch: Immerhin schon 29. Für Schauspielerinnen ist das steinalt. Für uns gilt nämlich dasselbe wie für Hunde: Schauspielerinnenalter × 7 = Menschenalter.

Jedenfalls habe ich mich dann wahnsinnig in James Dyson♥ verliebt. Sie wissen schon, der Erfinder. Der Typ aus der Fernsehwerbung. Der Staubsauger ohne Saugkraftverlust.

Ich fand ihn sexy und nett. Und so rührend um die Probleme der Frauen besorgt.

»Nach der Entwicklung mehrerer Prototypen, vielmehr mehreren Tausend Prototypen, hatte ich die Lösung. Der Staubsauger ohne Saugkraftverlust. Dyson.«

Aber dann habe ich mir uns beide vor dem Altar vorgestellt:

»Ich frage Sie, Audrey Vernon, sind Sie hierher-

♥ Nummer 318

gekommen, um nach reiflicher Überlegung und aus freien Stücken den heiligen Bund der Ehe zu schließen mit... Dyson, dem Staubsauger ohne Saugkraftverlust?«

Tja. Und genau genommen ist der Typ schon ziemlich seltsam.

Ein Mann, der darum weiß, dass dein Staubsauger an Saugkraft verliert, und dir obendrein noch helfen möchte, dieses Problem zu lösen – der ist doch irgendwie suspekt, oder?

Normalerweise wissen Männer nicht, wie ein Staubsauger saugt. Sie wissen nicht mal, *dass* er saugt, dass es so ein Gerät überhaupt gibt, dass man es kaufen kann und wozu es gut sein soll.

Und jetzt stellen Sie sich vor: Sie sind zu Hause friedlich mit dem Staubsauger zugange, da tritt Ihr Mann von hinten an Sie heran und fragt zärtlich: »Sag mal, Liebling, kann es sein, dass dein Staubsauger ein bisschen Saugkraft verloren hat?«

Und dann geht er in den Keller und entwickelt ein paar Prototypen. Der Typ ist doch echt unheimlich!

Er hat übrigens auch den rotorlosen Ventilator erfunden, den Gartenspringbrunnen, in dem das Wasser von unten nach oben fließt, und eine Schubkarre, mit der man nicht im Schlamm stecken bleibt. Lauter nützliche Dinge.

Und weil er außerdem Milliardär ist, entdeckte ich mein Herz für die Unternehmenschefs aus dem CAC

40. Der CAC, das ist das, was in Deutschland der DAX ist.

Ich beschloss also, einen von den CAC-Chefs zu heiraten.

Denn ein Fußballer ist letztlich auch nur ein Arbeiter. Zidane zum Beispiel. Der schießt seine Tore selbst. Auf dem Platz rennt kein kleiner Chinese herum, der die Arbeit für ihn erledigt.

Aber so ein Unternehmenschef, der lebt von anderer Leute Arbeit, von den Gewinnen und Dividenden. Eine saubere Sache: Er gibt den Leuten Arbeit, das ist nett, so können sie ein bisschen Geld verdienen. Und ihm bleibt immer noch seine Gewinnspanne.

Na ja, jedenfalls dämmerte mir irgendwann, dass man sowieso fast immer auf die eine oder andere Art für diese Herrschaften arbeitet. Oder zumindest ihre Produkte kauft. Warum dann nicht gleich einen von ihnen heiraten?

Wie Salma Hayek, genau.

Unter uns gesagt, hatte ich ja selbst lange ein Auge auf Bernard geworfen.

Nein, nicht Bernard Tapie. Der hatte früher mal Adidas, na und? Eigentlich ist er ein armer Schlucker.

Ich meine Bernard Arnault! Die Nummer 13 von sieben Milliarden Weltbevölkerung. Er besitzt Dior, Vuitton, Guerlain, Kenzo, Givenchy… Denken Sie an ihn, wenn Sie morgens Parfum auflegen, es lohnt sich. Für ihn.

2010 hat er sein Vermögen um 13 Milliarden vergrößert. Nur um Ihnen eine Vorstellung zu vermitteln: Das ist fast so, als hätte er Mark Zuckerberg geschluckt. Den Chef von Facebook.

Zum Vergleich: Ein Top-Schauspieler bekommt für einen Film eine Million. Bernard hingegen, der bekommt drei Millionen. Jahresgehalt. Aber das ist nicht alles. Zusätzlich gibt's noch viereinhalb Millionen Aktien.

Und das ist immer noch nicht alles. Obendrauf kommen noch 731 Millionen Euro Dividende.

Alles in nur einem Jahr.

Das ist so, als gewänne man zweimal jährlich bei *EuroMillions* … mit fünf Richtigen und zwei Sternzahlen!

Mit so einer Summe muss man erst mal umgehen können, mental, meine ich.

Ich habe auch einmal bei *EuroMillions* gewonnen. 9 Euro 75. Mühsam ernährt sich das Eichhörnchen.

Bernard jedenfalls kann sein Geld noch nicht mal richtig ausgeben. Es landet prompt wieder in seiner eigenen Tasche. Ein Einkauf in einem von den Carrefour-Megamärkten – er zahlt an sich selbst. Eine Tasche von Louis Vuitton – er zahlt an sich selbst. Dior, Gallimard, Moët & Chandon, Château d'Yquem – er zahlt an sich selbst. Ein Teufelskreis. Er wird sein Geld einfach nicht los, es ist zum Verzweifeln!

Mit Bernard sollte man nicht Monopoly spielen. Mein Haus, meine Straße, mein Hotel, meins, meins, meins…

Und außerdem hat er eine kleine Unart. Da ist er ganz anders als seine Milliardärskollegin Liliane Bettencourt, die gleich einen Blumenstrauß mit einer Milliarde Euro drin mitbringt, wenn man sie mal zum Essen einlädt. Bernard ist eher ein bisschen knauserig.

Zum Beispiel hat er sich nur eine Arme-Leute-Yacht gegönnt. Die *Amadeus*, für schlappe drei Millionen. Da war Mozart bestimmt gar nicht begeistert.

Eine Drei-Millionen-Yacht für die Nummer 13 von sieben Milliarden Menschen? Das ist fast so, als würde Bernard im Fiat Multipla durch die Gegend fahren.

Den kennen Sie doch, oder? Genau. Das ist dieses arme Auto, das so furchtbar hässlich ist… Eigentlich hätte man es gleich nach der Geburt unter einem Kopfkissen ersticken müssen, wie ein neugeborenes Kätzchen. Jedes Mal, wenn ich eine von diesen Kisten auf der Straße sehe, bricht es mir schier das Herz.

Paul Allen, der Kompagnon von Bill Gates – *der* hat eine normale Yacht. Die *Octopus*. 254 Millionen Euro, 126 Meter lang, 41 Kabinen, zwei Mini-U-Boote, zwei Hubschrauberlandeplätze. Und als Innendeko ein Nachbau des Himalaya aus weißem Styropor.

Aus weißem Styropor – muss *das* hübsch sein!

Dabei ist die *Octopus* nur eine Yacht der Mittelklasse. Aber die *Eclipse*, die ist ein Traumschiff. Und zwar ein echtes. Sie gehört Abramowitsch.

Abramowitsch ist ein Russe. Er hat bei Euro*Billions* gewonnen. Da hat er das ganz große Los gezogen! Für einen symbolischen Rubel Einsatz hat er das gesamte russische Gas gekriegt. Und davon hat er sich die *Eclypse* geleistet.

Wissen Sie eigentlich, warum die Yacht *Eclypse* heißt? Wenn sie sich draußen auf dem Meer vor die Sonne schiebt, verdunkelt sich die Erde.

Gerade habe ich so richtig Lust…

Das ist nicht üblich, schon klar, aber… ich habe wirklich Lust, Ihnen schon mal vorab mein Brautkleid zu zeigen.

Und dann sagen Sie mir, wie Sie es finden, okay?

Könnten Sie sich bitte kurz die Augen zuhalten? Bitte nicht so zögerlich… He, nicht mogeln!

(…)

Wenn mein zukünftiger Gatte erfährt, dass ich mich vor Ihnen ausziehe, ist es um meine Ehre geschehen.

Schön die Augen zuhalten, ich sage Bescheid, wenn ich so weit bin. Nur noch ein kleines bisschen Geduld…

(…)

Aaaach-tung! 3–2–1 – et voilà!

Ist es nicht hübsch? Ich hab's in einem von diesen Billigläden gekauft, bei *Pronuptia*. Für das, was es ist, war es immer noch sauteuer. Obwohl die Teile doch garantiert in Kinderarbeit hergestellt werden …

Mist, das hätte ich jetzt nicht sagen dürfen.

Es ist immer dasselbe mit mir: Da will ich einen Spontanwitz bringen, und was kommt raus? Eine Klassenkampfparole …

Wie mich das nervt!

Jedenfalls bin ich froh, jetzt zu heiraten. Damit ist das Kapitel sowieso durch. Comedian ist zwar ein schöner Beruf. Aber so was von langweilig, das können Sie sich gar nicht vorstellen.

Montagmorgens bist du ja noch guter Dinge. Du verschickst drei Mails, änderst zweimal dein Profilfoto, und dann … tja, und dann, so gegen zehn nach zehn, ist dein Arbeitstag eigentlich schon abgehakt.

Also kaufst du dir die *Elle* und beschäftigst dich für die nächsten drei Stunden damit. Du liest in aller Ruhe. Du liest alles, sogar die Kochrezepte, obwohl du die nie im Leben nachkochen wirst. Schauspielerinnen sind schließlich obendrein stinkfaul.

Jedenfalls, wenn du montags die neue *Elle* durchgearbeitet hast, gibt's eigentlich nicht viel mehr zu tun, als auf die neue *Paris-Match* zu warten. Die erscheint donnerstags.

Aber manchmal kommt sie auch schon am Dienstag raus … und dann ist alles noch schlimmer. Da ist dann Dienstagmittag die Woche praktisch gelaufen.

Deshalb sind die bekannten Schauspieler auch alle

bei so vielen Charity-Aktionen dabei und gründen gemeinnützige Vereine und so. Lieber arbeiten sie ehrenamtlich für lau, als gar nichts zu tun zu haben.

Aber dafür bin ich leider nicht bekannt genug. Dabei bin ich doch auch gegen Krieg und Krankheit, und für Darfur, für Tibet, für die Befreiung von Aung San Suu Kyi, gegen Aids, gegen Gewalt gegen Frauen, für Meinungsfreiheit, gegen die Burka, für die Erderwärmung … nein, Quatsch, ich meine: gegen!

Ach, ich weiß auch nicht mehr …

Jedenfalls sind die Schauspielerinnen heutzutage alle das genaue Gegenteil von Robin Hood. Sie nehmen's von den Armen, um es den Reichen zu geben. Sie animieren Habenichtse dazu, ein bisschen was für Bernard Arnault auszugeben, ein bisschen was für François Pinault, ein bisschen was für Liliane Bettencourt …

»Ein Interview? Aber gerne! Also, an meinen Teint lasse ich nur Produkte von Lancôme und L'Oréal (Bettencourt, Nummer 10). Meine *Favorites*? Ich *liebe* diese wunderbar knusprig-cremigen Macarons von Ladurée (Holder-Gruppe). Und dann diese fantastischen Duftkerzen von Dyptique! (Robert Fischer, Nummer 949, Besitzer von GAP) Die Kerzen mit Feigenduft sind der Hit! Für die tägliche Schönheitspflege kann ich nur wärmstens Kiehls/Origins/Dr. Hauschka/Nuxe empfehlen. Mein schönes Haar verdanke ich der exklusiven Haarpflegereihe von Léonor Greyl. Bis auf die

Haarfarbe: Die hat Christophe Robin gezaubert, der berühmte Farbexperte von L'Oréal. Er hat übrigens eine eigene Produktlinie entwickelt! Ich bewundere die Kollektionen von Alexander Wang für Balenciaga (Pinault-Gruppe, Nummer 65). Meine persönlichen Beauty-Tipps? Die *Eight Hour Cream* von Elizabeth Arden (Lauder-Gruppe, Nummer 435). Und den *Touche-Eclat* von Yves Saint Laurent (Pinault-Gruppe) habe ich immer dabei ...«

(Merken Sie was? Arnault, Pinault, Bettencourt ... Das ist doch alles Absicht!)

»... und meine Wochenenden, die verbringe ich regelmäßig in meinem Lieblingshotel in Rom (dem Sofitel, gehört zur Accor-Gruppe), meiner Figur zuliebe. Denn in Rom gibt es überall so herrlichen gegrillten Fisch, ganz schlicht, mit nichts weiter als ein paar Tröpfchen Olivenöl ...«

Es den Armen zu nehmen, um es den Reichen zu geben – das ist furchtbar. Aber es ist natürlich wesentlich bequemer.

Oje, ich rede und rede und rede und interessiere mich kein bisschen für Sie! Ich rede und rede und frage Sie noch nicht mal, wie es Ihnen geht.

Jedenfalls bin ich froh, meinen Junggesellinnenabschied heute Abend mit Ihnen zu verbringen. Ich hatte die Wahl: Entweder das – oder einen Stripper anheuern. Aber was hätte ich mit dem schon anfangen sollen.

Ach ja, hier noch ein wichtiger Hinweis für alle weiblichen Leser: Wer schon verheiratet ist, sollte es auch bleiben! Meine Ratschläge sind nur für Singles gedacht. Falls Sie schon in festen Händen sind, können Sie schließlich immer noch selbst Milliardärin werden.

Das ist gar nicht so schwer. Alles, was man dazu braucht, ist eine gute Idee.

Denken Sie nur mal an Steve Jobs. Oder an Bill Gates. Die hatten auch nicht mehr als eine gute Idee.

Sie haben den Computer erfunden. Auf so eine Idee muss man halt nur kommen.

Vor einiger Zeit hatte ich einmal das Glück, bei einem festlichen Diner die Tischdame von Steve Jobs* zu sein, dem inzwischen verstorbenen Apple-Gründer.

* Nur so ein Gedanke[♥]

Werden wir womöglich als die neuen Nazis in die Geschichte eingehen?[♥♥]

Ich persönlich bin ein großer Fan von Steve Jobs. Aber ich habe gleichzeitig ein bisschen Angst, seinetwegen vielleicht eines Tages als Kollaborateurin gebrandmarkt zu werden.

Kürzlich kam wieder ein neues iPhone auf den Markt.

Und jetzt muss ich ein bisschen ausholen.

Ich gehöre einer Generation an, die bisher weder Krieg noch Diktatur erlebt hat. Und die deshalb auch noch nie gezwungen war, sich für eine Seite zu ent-

---

♥ Solchen Gedanken können Sie durchaus nachhängen. Als Konversationsthema bei einem festlichen Diner sind sie allerdings tabu. Ihr zukünftiger Gatte würde Ihnen das nie verzeihen …

♥♥ Goodwins Gesetz: In jeder längeren Debatte fällt früher oder später ein Nazivergleich.

scheiden. Also fragen sich viele Leute meines Alters, wie sie sich wohl zu Nazi-Zeiten verhalten hätten.

Wäre ich damals in Deutschland geboren worden, wäre ich dann wohl eine Nationalsozialistin geworden? Hätte ich vor den Verbrechen der Deutschen – und übrigens auch der Franzosen – die Augen verschlossen?

Je weiter dieses Kapitel zurückliegt, desto sicherer ist man, dass man sich bestimmt auf die Seite der Freiheit geschlagen hätte. Auf die Seite der Menschlichkeit. Auf die Seite der Guten.

Und trotzdem ist die ganze Welt begeistert von dem neuen iPhone. Auch ich. Dabei stehe ich auf der falschen Seite. Auf der Seite der Sklaventreiber und Folterknechte.

Denn in zwanzig Jahren wird der Besitz eines iPhones vielleicht als Verbrechen gegen die Menschlichkeit verurteilt.

Das finden Sie jetzt ein bisschen krass? Dann denken Sie mal nach:

Foxconn, das chinesische Unternehmen (Nummer 240), das die iPhones herstellt, herrscht über seine Beschäftigten mit Mitteln wie Freiheitsentzug, körperlicher und seelischer Misshandlung sowie permanenter Erniedrigung.

Überall in Afrika wird die Umwelt zerstört, um an die kostbaren Rohstoffe heranzukommen, die für die Produktion dieser Geräte benötigt werden. Geräte, die irgendwann im Müll landen. Und später im Meer.

Für uns ist es völlig normal, Apple-Fan zu sein und die Markteinführung eines neuen iPhones als Zivilisationsfortschritt zu bejubeln. Aber die Leute, die es herstellen, sind oft keine zwanzig Jahre alt und leben in Lagern.

»Arbeit macht frei«, hieß es damals. Die Geschichte wiederholt sich.

Manchmal stelle ich mir vor, wie meine Enkelkinder mich eines Tages befragen:

»Aber hattest du denn auch ein iPhone?«

»Ja.«

»Und du wusstest, wie es hergestellt wird?«

»Ja, das habe ich gewusst.«

»Die Lager, die körperliche und seelische Misshandlung?«

»Ja, das habe ich gewusst.«

»Wusstest du auch von den vergitterten Fenstern? Und von den Netzen rund um alle Gebäude, um verzweifelte Arbeiter am Springen zu hindern?«

»Ja, das habe ich gewusst.«

»Wusstest du, dass es auch Zwangsarbeit gab? Dass Arbeiter keinen Lohn bekamen, aber trotzdem für ihre Unterkunft zahlen mussten?«

»Ja, das habe ich gewusst.«

»Wusstest du, dass man diese Dinger nicht recyceln konnte? Dass sie irgendwo weit weg von Europa von Kindern verbrannt wurden, um an das bisschen wiederverwertbare Metall darin zu kommen? Dass der Rauch die Kinder vergiftete, aber kein Mensch sich über ihr weiteres Schicksal irgendwelche Gedanken machte?«

»Ja, das habe ich gewusst. Ich war Mitglied der westlichen, liberalen, kapitalistischen Gesellschaft. Für uns war das damals alles ganz normal. Damals hat sich niemand etwas dabei gedacht.«

Dereinst wird die Geschichte über meine Generation zu Gericht sitzen. Und wer garantiert mir da, dass man mich nicht eines Tages als Monster betrachtet, weil ich auf Seiten eines Systems stand, das einem Teil meiner Mitmenschen keine andere Wahl ließ als Sklavenarbeit?

Wenn irgendwo ein neuer Apple-Store eröffnet wird, ist der Jubel groß. Dabei müsste dem Konzern jede Neueröffnung strikt verboten werden, solange die Produkte im Laden unseren Planeten vergiften und das Leben von Tausenden junger Arbeiter zerstören.

Auch heute noch werden Menschen durch Arbeit in den Tod getrieben. Doch die Nazi-Schergen sind bisher die Einzigen, für die wir nicht das geringste Verständnis haben. Manchmal frage ich mich, ob man eines Tages wohl Verständnis für unser Tun und Lassen haben wird…

Wir jubeln, wenn eins von diesen neuen Dingern auf den Markt kommt. Dabei müssten wir weinen. Denn in zwanzig Jahren werden Archivaufnahmen beweisen, wie unbekümmert wir uns freuten, während anderswo Sklavenarbeiter in der Hölle schufteten. Und dann können wir nicht sagen, wir hätten von alledem nichts gewusst.

»Hi, Steve! Also *Sie* haben den iPod erfunden, das iPhone, den Mac, also, den Computer, meine ich … bravo, Glückwunsch! Eine geniale Idee! Ich hab auch einen Mac zu Hause, er funktioniert supergut. Und dann diese Maus, mit der man die Icons anklicken kann – echt voll praktisch.«

»Ach ja, was ich Sie schon immer fragen wollte … Kommen Sie schon, mir können Sie es doch sagen. Sie werden Ihr Geheimnis doch nicht etwa mit ins Grab nehmen wollen … Also: Warum haben Ihre Rechner einen angebissenen Apfel als Logo?«

Was, *deshalb*? Verstehe … das ist ja krass! Äh … würden Sie mir bitte ein Stückchen Brot reichen?«

Steve Jobs. Der legendäre Chef von Apple. Er war die Nummer 136.

Und Jean-Claude Decaux, *unser* Jean-Claude

Decaux, der Franzose, der Paris immerhin den umweltfreundlichen Fahrradverleih *Vélib* beschert hat – der ist nur Nummer 201. Kein Wunder, er hat ja auch kein knackiges Logo. Kaum zu glauben, wie viel ein gutes Design ausmacht.

Was uns zum eher theoretischen Teil dieses Buches führt. Der wirkt vielleicht zunächst recht trocken, aber Sie werden in null Komma nichts verstehen, worauf es ankommt.

Gleich ein erstes Beispiel. Wenn ein Mann sich Ihnen vorstellt und sagt: »Hallo, ich heiße Stéphane, schön, Sie kennenzulernen. Ich bin übrigens die Nummer 1741« – dann müssen Sie sofort schalten!

Nummer 1741, das bedeutet im Klartext, dass er wegen der vielen Mehrfachnennungen pro Platz der Letzte auf der *Forbes*-Liste ist. Was wiederum bedeutet, dass er gerade mal eine jämmerliche Milliarde hat. Ihre Antwort muss daher in diesem Fall lauten: »Nummer 1741, na und? Das ist noch lange kein Grund zur Prahlerei.«

Wenn er nett ist, ist das natürlich etwas anderes. Wenn er nett ist, können Sie ihm sagen: »Nummer 1741, das ist doch gar nicht schlecht! Aller Anfang ist schwer …«

Vorsicht vor Betrügern und Hochstaplern. Auf der *Forbes*-Liste stehen zum Beispiel nur wenige afrikanische Milliardäre, *sehr* wenige afrikanische Milliardäre. Auf dem ganzen Kontinent gibt es nur 29. Die

Afrikaner haben einfach noch nicht kapiert, wie das läuft. Dabei geben sie sich wirklich alle Mühe…

In Somalia, einem der ärmsten Länder der Welt, wollen sie jetzt auch endlich ein bisschen Geld verdienen. Jahrelang haben sie am Strand Seeschlacht gespielt, während auf dem Meer die Schiffe vorbeizogen. Aber eines Tages haben sie eins und eins zusammengezählt – und beschlossen, Öltanker zu entern.

Gut so. Super Idee.

Vor ein paar Tagen haben sie einen Supertanker mit 330 000 Tonnen Ladung angegriffen. Zu neunt. Mit einem Schlauchboot.

Dieses Verhältnis von Einsatz zu Gewinn: einsame Spitze!

Dann haben sie sieben Millionen Lösegeld verlangt. Tja, und daran sieht man, dass sie immer noch nicht viel Ahnung haben.

Denn bei einem Supertanker mit zwei Millionen Barrel Rohöl an Bord ist die Ladung selbst beim aktuellen Ölpreis von 53 Dollar pro Barrel immer noch mindestens 106 Millionen Dollar wert.

Sieben Millionen Lösegeld sind da einfach nicht genug… Das nächste Mal sollten die mich unbedingt vorher um Rat fragen.

In Äthiopien ist die Lage ähnlich. Die Äthiopier haben den Kaffee erfunden, wussten Sie das? Eine klasse Erfindung, dieser Kaffee. Der meistgehandelte Agrarrohstoff der Welt.

Das Problem ist nur, dass die Äthiopier sich ihren

Kaffee nicht haben patentieren lassen und deshalb jetzt in die Röhre gucken.

Ganz anders Nestlé. Die Schweizer, *die* haben ein Patent angemeldet. Deshalb können sie den Afrikanern ihre Kaffeebohnen für fünfeinhalb Milliarden Euro abkaufen, ihn in kleine Kapseln verpacken ... und ihn dann für siebzig Milliarden an uns Kaffeetrinker verhökern.

Das nenn ich mal eine ordentliche Gewinnspanne! Und für uns gibt's immerhin als Dreingabe George Clooney.

Auf der *Forbes*-Liste stehen auch Milliardäre, die ganz simplen Metiers nachgehen.

Ingvar Kamprad beispielsweise, Chef von Ikea, die Nummer 497.♥ Bei dem versteht jeder, was er macht: Er stellt Möbel her, dann zersägt er sie in ganz kleine Stückchen, und dann steckt er sie in ganz kleine Schachteln. Das liegt daran, dass er als Kind bitterarm war. Als kleiner Junge stand er auf der Straße und verkaufte Schwefelhölzer ... So etwas prägt einen fürs Leben.

Aber dann gibt es auch Milliardäre, bei denen versteht kein Mensch, wie sie ihr Geld verdienen.

»Und was macht Ihr Mann so beruflich?«

♥ **Offizieller Eigentümer von Ikea ist die Stiftung Ingka. Stiftungszweck ist die Förderung von Architektur und Design in Schweden ... LOL! Mit dieser Stiftung lassen sich bestimmt auch kräftig Steuern sparen.**

»Algorithmen…«

»Was?«

»Er hat Google erfunden. Das ist ein Algorithmus. Das Ganze läuft so: Sie geben ein Wort in die Suchzeile ein, und dann wird das Wort mit *PageRank* – das ist ein Code aus zwei Milliarden Begriffen mit 500 Millionen Unbekannten – durch die Kabel des Computers gejagt. Es landet im nächstgelegenen Rechenzentrum, die sind übrigens alle klimatisiert, weil diese endlosen Serverreihen sonst heißlaufen würden, na ja, jedenfalls, und dann sendet ein elektrisches Signal die gesuchte Info durch die Luft und durch Glasfaserkabel auf Ihren Bildschirm. Das Lustige daran ist, dass das Ganze hin und zurück keine Sekunde dauert, es passiert fast gleichzeitig… Mein Mann ist von den sieben Milliarden übrigens die Nummer 19. Er ist supernett, aber ganz ehrlich: Wenn er etwas sagt, verstehe ich nur Bahnhof…«

Es ist bestimmt praktisch, die Ehefrau von Bernard Arnault oder François Pinault zu sein. Da bekommt man immer schöne Kleider und hübsche Handtaschen. Aber was haben eigentlich die Frauen der Google-Erfinder Sergey Brin und Larry Page von ihren Männern? Kostenlose Internet-Recherchen? Und was kriegt die Frau von Gordon Moore (Intel, Nummer 195)? Mikrochips?

So ein Mikrochip ist wirklich eine supersimple Sache. Nichts weiter als ein integrierter Schaltkreis, der auf eine Scheibe hochreinen Siliziums graviert wird, sonst ist das Silizium nämlich nicht leitfähig. Dann wird eine Schicht Chrom aufgedampft, danach wird thermisch oxidiert, lackiert, graviert, wieder oxidiert, wieder lackiert, wieder graviert und so weiter, insgesamt 24 Mal, und schon haben wir einen Zehn-Quadratmillimeter-Mikrochip.

Keine Ahnung, warum der Intel-Chef Gordon Moore für seine Mikrochips so hartnäckig Fernsehwerbung macht, zwischen Spots für Ziegenkäse und probiotischen Vanillejoghurt. Welche Hausfrau wird beim Einkauf schon gezielt danach fragen: »Zwei Baguettes und einen Mikrochip, aber bitte einen von Intel, die sollen wirklich gut sein«?

Meinen Zukünftigen habe ich übrigens bei einer Abendgesellschaft kennengelernt.

Leider kann ich Ihnen nicht genau erklären, woran man bei einer Abendgesellschaft einen Milliardär erkennt. Es gibt keine spezifischen Merkmale. Ich kann Ihnen allerdings sagen, woran man einen armen Schlucker erkennt.

Falls ein Mann sich mit einer Marke schmückt, die Sie kennen – das Pferdchen von Ralph Lauren, eine Rolex, ein Porsche –, dann ist er einer von den Armen. Ein Milliardär hat kein sichtbares Erkennungszeichen. Jedenfalls nicht am eigenen Körper.

Nehmen Sie beispielsweise Abramowitsch, den russischen Milliardär. Sein sichtbares Erkennungszeichen ist Chelsea. Der englische Fußballclub, genau.

Für alle Fälle habe ich Ihnen ein paar Beschreibungen zusammengestellt. Wer weiß, vielleicht können Sie damit bei Abendgesellschaften ja doch den einen oder anderen Milliardär orten.

Das sind jetzt nur die bekanntesten:

Carlos Slim Hélu, der zweitreichste Mensch der Welt. Er hat fünfzehn Prozent von Mexiko.

Larry Ellison, der Chef von Oracle. Und die Nummer 5. Dabei gibt's die Oracle-Software Java sogar gratis! Mir ist völlig schleierhaft, wie er das hinkriegt.

George Soros, die Nummer 29. Er hat die Hedge-Fonds erfunden. Und dann hat er erst das britische Pfund in den Ruin getrieben, dann den Franc, und im Augenblick ist er ganz scharf auf den Euro.

Li Ka-shing, die Nummer 17. Und der reichste Mann Chinas. Er hat gerade O_2 gekauft.

Ye Chenghai, die Nummer 603.

Apropos: Bei den Chinesen braucht man ein gutes Personengedächtnis. Sonst kann es passieren, dass man glaubt, in den Armen von Li Ka-shing einzuschlafen – und am nächsten Morgen mit Ye Chenghai aufwacht. So etwas wäre dann doch recht ärgerlich.

Und hier noch ein Tipp für männliche Leser: Jacqueline Mars. Sie ist die Besitzerin von Mars Inc. »Mars bringt verbrauchte Energie sofort zurück«, erinnern Sie sich? Genau, das ist sie.

Auf der *Forbes*-Liste 2015 hat sie den schönsten Sprung nach vorne geschafft. Und wem hat sie das zu verdanken? Uns natürlich!

»Zara« Amancio Ortega. Viertgrößtes Vermögen der Welt. Sind Sie Single-Frau und sprechen Spanisch? Er hat nämlich gerade seine Frau verloren...

Brigitte Rausing. »TetraPak. Schützt, was gut ist.«

Und von dem hier haben Sie bestimmt schon mal gehört: schreckliche Arbeitsbedingungen, kaum Steuerzahlungen, Gratislieferungen – Amazon! Denken Sie an Jeff Bezos (Nummer 15), wenn Sie das nächste Mal »mit einem Klick« einkaufen.

Und zu guter Letzt mein Lieblingsmilliardär: Warren Buffett*.

Die Nummer 3. Er hat nur einen einzigen Fehler: Er mag einfach kein Geld ausgeben. Außer natürlich, wenn es wie ein Bumerang zu ihm zurückkommt.

Er liebt zum Beispiel Cherry Coke, was ja an sich schon pervers ist. Und was macht er? Er kauft Coca-Cola. Er rasiert sich mit Gillette-Rasierern? Dann kauft er sich eben Procter & Gamble! Er steht auf Steaks? Also kauft er sich Heinz Ketchup gleich dazu!

Gleichzeitig hat er sich wahnsinnig geärgert, weil er sich einen Privatjet kaufen musste. Deshalb hat er ihn auf den Namen *Indefensible* getauft – zu Deutsch: *Unvertretbar* – und vermietet ihn andauernd.

Also, ich bewundere Warren. Er ist der Philosoph unter den Milliardären. »Ich verdanke mein Vermögen zu zehn Prozent dem Zufall und zu neunzig Prozent der Arbeit anderer Leute.« Oder: »Es herrscht Klassenkampf. Aber es ist meine Klasse, die Klasse der Reichen, die Krieg führt. Und wir gewinnen.«

* Nur so ein Gedanke

Diese Milliardäre sind wie drollige Kätzchen. Sie bringen mich immer wieder zum Lachen …

Ihre letzte Initiative heißt »The Giving Pledge«. Das ist so eine Art öffentliches Versprechen. Wer da mitmacht, der gelobt feierlich, die Hälfte seines Vermögens an die Armen zu verteilen.

Warren Buffett, Bill Gates und 67 weitere Milliardäre haben sich der Initiative bereits angeschlossen.

Ist das nicht nett?

Nett … aber auch irgendwie unlogisch. Da hat man ein Leben lang nichts anderes im Sinn als die Steigerung von Produktivität und Profiten, man kürzt Löhne und spekuliert bedenkenlos – und am Ende gibt man den Armen alles wieder zurück! Da werden die aber Augen machen! Damit werden sie bestimmt nicht rechnen.

Und das sollten sie auch besser nicht. Denn das

Geld gibt's ja nicht gleich. Sondern erst, wenn die Milliardäre tot sind.

Ich weiß, es gehört sich nicht, anderen Menschen den Tod zu wünschen. Aber in dem Fall ist das ein ziemlich verlockender Gedanke …

Ich geh jetzt eine Cherry Coke mit Warren trinken.

»Warren, du willst also wirklich die Hälfte von deinen 70 Milliarden verschenken? Das finde ich so toll von dir!«

»Aber Warren, nach deinem Tod sind deine Aktien doch sofort viel weniger wert. Warum schenkst du das Geld nicht einfach jetzt schon her? So könntest du dich doch zu Lebzeiten an den Folgen deiner guten Taten erfreuen!«

»Aber ja, ich weiß, dass dich das ganz kirre machen würde, wenn das Geld nicht mehr in einem Investmentfonds angelegt wäre und dir deswegen auch nichts mehr einbringen würde. Aber man kann nun mal nicht alles haben.«

»Und wo wir gerade beim Thema sind: Findest du es nicht irgendwie seltsam, dass auch die Gründer von Citigroup und Carlyle bei eurer Initiative mitmachen? Genau die haben doch mit ihren Subprimes einen Haufen Leute arm gemacht. Sie haben eine Luftnummer aufgezogen und sich an ihr bereichert, ohne je dafür belangt worden zu sein – und jetzt sollen sie obendrein als Wohltäter dastehen?«

»Und was die Stiftung von Bill und Melinda (Gates) angeht, also, weißt du … 95 Prozent von ihren

36 Milliarden haben sie in Aktien angelegt – Ölkonzerne, Kreditinstitute, Pharmaforschung, Kakaoplantagen. Ich weiß, in diesen Zeiten sind wir alle ein bisschen konfus. Aber wenn Bill wie neulich jammert, dass er noch 720 Millionen braucht, um die Pest auszurotten – warum nimmt er die nicht einfach von seinem eigenen Konto?«

»Ach so! Wenn die 720 Millionen nicht mehr angelegt wären, würden sie auch keine Rendite mehr bringen? Verstehe. Du meinst: Wohltätigkeit gerne. Aber nur, wenn sie rentabel ist.«

»Ich weiß, es gehört sich nicht, anderen Menschen den Tod zu wünschen. Aber wenn ihr schon versprecht, uns einen Teil eures Vermögens zurückzugeben – das hast du doch selber gesagt, Warren, zu zehn Prozent verdankst du es dem Zufall, und zu neunzig Prozent der Arbeit anderer Leute –, dann müsst ihr damit rechnen, dass wir ein bisschen ungeduldig werden …«

Neulich hat Warrens Tochter ihn um ein bisschen Geld gebeten. Für ein neues Auto.

»Papa? Papa? Ach, du mein Orakel von Omaha – kannst du deine Aktien wenigstens mal für zwei Sekunden aus den Augen lassen? Sie werden schon nicht einfach so davonklettern. Und wenn doch, dann verkaufst du sie einfach …«

»Du, sag mal … Ich muss ja arbeiten, weil du alles den Armen zurückgeben willst … Aber ich hab's dir schon mal gesagt: Dein Vermögen geteilt durch sieben Milliarden, da kriegt jeder Mensch auf Erden sechs Euro. Da werden sich die Armen aber freuen. Döner für alle! Nein, das ist jetzt untertrieben. Für das Geld kriegen sie auch ein Burger-Pommes-Menü plus Softdrink. Aber wenn sie sich da für eine Cola entscheiden, bekommst du ja Geld zurück, dann musst du wieder von vorne anfangen …«

»Na ja, also, was ich eigentlich sagen wollte: Der Fiat Multipla, den du mir zum achtzehnten Geburtstag geschenkt hast, der ist hin. Könntest du mir bitte 10 000 Euro leihen?«

»Was …? Ich soll einen Kredit bei der Bank aufnehmen?«

»Nee, echt jetzt?«

»Verstehe… Eine Geldanlage bringt dir eine Rendite von dreizehn Prozent. Bei der Bank kriege ich einen Kredit für fünf Prozent. Wir machen also immer noch einen Gewinn von acht Prozent – auf 10 000 Euro! – Also, manchmal hätte ich lieber einen Vater, der Briefmarken sammelt.«

»Ein armer Vater hätte sich bestimmt ein Bein ausgerissen, um seiner Tochter ein Auto schenken zu können.«

»Genau aus dem Grund sind die Armen arm? Ah ja.«

Vor ein paar Tagen war ich mit meinen Freundinnen Jade, Zahia und Nabilla unterwegs. Wie Sie vielleicht aus der *Gala* wissen, sind die drei sehr jung, sehr hübsch, und sie haben ein großes Herz. In das sie am liebsten einen Milliardär schließen würden.

An dem Abend standen wir auf einer Feier beisammen und diskutierten über Rohstoffe.

Wenn Sie nicht wissen, worüber Sie bei einer Soirée reden könnten – reden Sie einfach über Lithium. Bei Franzosen funktioniert das immer. Die Deutschen stehen auf Aluminium. Und bei den Chinesen klappt's mit Kupfer.

»Nĭ hăo!« Das ist chinesisch für »Guten Tag«. Übrigens: Wussten Sie, dass die Chinesen weder ein Wort für »ja« haben noch eins für »nein«? Die Armen, da können sie gar nicht das »Nicht ja, nicht nein«-Spiel spielen… Halt, stopp, natürlich können sie es spielen, aber für sie ist es öde: Sie gewinnen jedes Mal.

»Nĭ hăo ma? Wie geht es Ihnen? Haben Sie schon von dem massenhaften Kabelklau bei der französischen Eisenbahn gehört? Klar, der Preis pro Tonne Kupfer ist ja auch auf 10 000 Euro geklettert. Falls Sie Interesse haben, also, ich kenn da ein paar Schrotthändler… Ich finde Kupfer klasse. Wie sag ich immer: Kupfer ist einfach der beste Stromleiter auf der Welt. – Keine Sorge, mein kleiner chinesischer Freund, das war doch nur ein Witz! Doch, doch, hier in Frankreich findet man die ganze Sache lustig…«

»Hi, Brad!«

»Hi, Jade, Zahia…«

Das ist Brad Templeton! Er hat den Punkt von ».com« erfunden.

Und der da, das ist Li Ka-shing. Den sollte man nicht mit Ye Chenghai verwechseln. Mir passiert das andauernd… Jedenfalls hat er eine Schwäche für Häfen. Nein, Zahia, nicht Hefen, Häfen! Er macht in Infrastruktur.

Dahinten steht Dietrich Mateschitz, Platz 116. Er hat seine Milliarden mit *Red Bull* gemacht. Also, falls ihr auf Energiebrause steht…

Gleich daneben, seht ihr, das ist Pierre Bellon,* der Chef von Sodexo. Er verdient sein Geld mit Fertigessen für Kantinen und Krankenhäuser. Auch ein Milliardär. Kaum zu glauben, womit man es zu so viel Kohle bringen kann.

Warte, Nabilla, du willst ihn doch nicht etwa ansprechen, spinnst du? Hinterher setzt er dir Kochfisch mit Bechamelsauce vor – und zwingt dich dann auch noch, deinen Teller leer zu essen!

Uuuh, gerade ist Terry Gou reingekommen. Noch einer von den chinesischen Milliardären. Nein, Zahia, nicht Terry Crews… Der ist nett, und er ist auch ein super Schauspieler – aber er ist schwarz, er ist doch kein Milliardär!

Terry Gou ist der Chef von Foxconn. Nummer 240 von sieben Milliarden Erdbevölkerung. Ich find ihn ein bisschen unheimlich… In seiner Fabrik werden alle unsere Computer hergestellt, unsere iPhones, unsere Laptops… 900 000 Beschäftigte. Kannst du dir vorstellen, was das für eine Plackerei ist, am Monatsende die ganzen Lohnabrechnungen zu unterschreiben? Sein politisches Vorbild ist übrigens Dschingis Khan.

Mist, er hat uns gesehen…

»Hi, Terry, fine, fine… No, no striptease, I have finished with that, I am getting married tomorrow. Er

* Nummer 360

ist die Nummer 33, da kommen Sie als 240 nicht ganz mit, sorry! Was macht Ihre Fabrik? Eine Million Arbeiter? Glückwunsch! Und nur 14 Selbstmorde? Das ist doch nicht der Rede wert!«

»Ach so, *deshalb* haben Sie die ganzen Netze rund um die Häuser aufgehängt … Und ich dachte, Sie hätten eine Truppe Trapezkünstler engagiert … I know, I know, diese springwütigen Arbeiter denken alle nur an sich selbst …«

»Zahia? Nein, die kann ich Ihnen nicht verkaufen. Sie gehört mir nicht. Ach, Terry, glauben Sie mir, für Sie wäre das sowieso kein interessanter Deal! In der westlichen Welt bringen die Leute doch kaum Leistung. Zahia ist da wie alle anderen: Sie arbeitet höchstens vierzig Stunden die Woche, und das auch nur für ein Wahnsinnsgehalt.«

»Dreitausend Yuan monatlich, also 350 Euro? Na, da haben Sie Ihren Arbeitern aber eine kräftige Gehaltserhöhung spendiert!«

»Zahia, hör mal, er bittet mich, dir zu sagen, dass du bei ihm keine Angst vor Einbrechern haben musst, weil alle Fenster vergittert sind. Außerdem gibt es ein super Neujahrsfest! Und dann dieses Gemeinschaftsgefühl, zu neunt in einem Zimmer, das ist doch echt nett. Also, wie sieht's aus? Bist du interessiert?«

»Nein danke, Terry. Bye, see you!«

Der Typ will die gesamte Menschheit aufkaufen, um sie für sich arbeiten zu lassen. Aber dir würde er bestimmt den besten Job anbieten: in den Apfel beißen. Und ihn dann in ganz dünne Scheibchen schneiden und auf die iPhones kleben ... Apropos iPhone, da hab ich neulich was Merkwürdiges gehört. Wisst ihr, warum die Dinger einen angebissenen Apfel als Logo haben? – Jade, was ist los, wo hast du denn auf einmal deine Augen?«

Oh, das ist Arnaud Lagardère. Einer von den Armen. Verleger. Er ist der Chef von Grasset, Fayard und Hachette. Aber er hat nur 300 Millionen. Kein Wunder, er verkauft Bücher und Zeitschriften, *Elle* und so. Damit lässt sich nichts verdienen. Du willst ihn trotzdem kennenlernen? Echt? Du hast ja wirklich keinen Funken Ehrgeiz ...

Also gut, hier kommt er. Mein Top-Tipp. Wenn Sie sich einen Milliardär angeln wollen, ist das ein *Must*.

Eine Poledance-Stange!

Milliardäre stehen auf Mädels, die da dran kleben wie Marshmallows am Grillspieß. Ich glaube, die wissen gar nicht, dass Frauen nicht nur an Stangen herumturnen, sondern auch ganz normal gehen können.

Den Singles unter Ihnen kann ich also nur dringend raten, möglichst bald einen Kurs zu belegen.

Keine Ahnung, warum die Männer so auf Poledance abfahren ...

Mist, mein Telefon klingelt! Oh, das ist er. Also gut, dann geh ich ran ...

»Hallo, Chéri? Ja, alles gut. Nein, ich bin nicht bei der Arbeit, ich bin mit Freundinnen unterwegs. Wir trinken Champagner und gucken uns Stripper an – ein richtig netter Abend! Und du?«

»Ist das nicht ein bisschen gewagt, was ihr da so treibt? Ich meine, einen von den Fukushima-Reaktoren zu privatisieren … Ah, und Dominique Strauss-Kahn kommt gleich vorbei und sorgt für Stimmung?«

»Du, wo ich dich gerade an der Strippe habe: Die Griechenland-Pleite, die Schuldenkrise in Europa, die Austeritätspolitik – das betrifft uns doch alles nicht, oder? Nein, natürlich würde das an unserer Liebe nichts ändern, aber …«

»Was, das betrifft uns sehr wohl?«

»Und es war auch noch deine Idee? Liebling, warum hast du das nur getan? Die armen Griechen! Ach so, eine Wette! Mit Georges …« (Georges Soros, die Nummer 29 von sieben Milliarden. Er steht auf Wetten und andere Glücksspiele. Das Problem ist nur: Er ist so reich, dass er beim Lotto auf jede mögliche Zahlenkombination setzen kann.)

»Und auf was habt ihr gewettet? Auf den Crash der Euro-Wirtschaft und auf steigende Zinsen für europäische Staatsanleihen?«*

»Gratuliere, das habt ihr gut gemacht! Aber hättet ihr nicht einfach auf die französische Nationalelf wetten können wie alle anderen auch?«

»Ihr habt euren Einsatz vervierfacht? Meinetwegen, Liebling. Wenn du glücklich bist, bin ich auch glücklich.«

»Jaja, ich weiß: ›Reicher als gestern, ärmer als morgen.‹«

»Ich dich auch. Komm nicht zu spät!«

Also alles okay. Die Krise betrifft uns nicht. Europa hat den Banken mit einem Scheck über 880 000 000 000 Euro ausgeholfen, und die Armen werden alles brav zurückzahlen.

Euro für Euro, langsam, aber sicher. Ein bisschen weniger Lohn, ein bisschen weniger Rente, ein paar kleine Alltagsfreuden weniger. Wie sagen mein zukünftiger Mann und François Hollande doch so schön: »Das Geld muss man von den Armen nehmen. Sie haben zwar nicht viel, aber sie sind zahlreich.«♥

In meinen zukünftigen Mann habe ich mich übrigens verliebt, obwohl ich fast einem Missverständnis aufgesessen wäre: Er trug nämlich eine Swatch. Oha, dachte ich, ein ganz schlechtes Zeichen! Damals war ich echt naiv …

Jedenfalls reden wir so über dieses und jenes, und irgendwann erzählt er mir, dass er beruflich mit Arbeitgebern und Arbeitnehmern zu tun hat. Mein Gott, war ich enttäuscht … Ein Gewerkschafter! Oder ein Gehaltsbuchhalter. Oder ein Pressefuzzi.

Ich sage: »Ist ja interessant! Sie sind also Journalist?«

»Nein, gar nicht«, antwortet er. »Ich bin Mitglied eines Verwaltungsrats. Ich und die anderen Mitglieder bestimmen, wer von uns welches Jahresgehalt bekommt, wie viel wir an die Aktionäre ausschütten, wie viel wir an die Arbeitnehmer weitergeben … Wobei: Die gehen meistens leer aus. Es ist wirklich

♥ Frei nach Alphonse Allais

praktisch, dass die Chefs die Chefgehälter festlegen. So können wir ein gewisses Standing aufrechterhalten. Deshalb haben wir auch nicht so gerne einfache Arbeiter im Verwaltungsrat… Wenn's nach denen ginge, bekämen wir nur den Mindestlohn, als Dienstwagen einen Kangoo, und mit den Aktienoptionen wäre es auch vorbei!«

»Oje, entschuldigen Sie bitte, ich habe mich gar nicht vorgestellt: Gestatten, Nummer 33 von sieben Milliarden.«

Und bumm! Es war Liebe auf den ersten Blick.

* Nur so ein Gedanke

Wir, die europäischen Völker, haben etwas Schlimmes angestellt.

Juncker, Lagarde und Merkel werfen uns böse Blicke zu. Sie wirken ausgesprochen missmutig. Der Direktor und die Direktorin lassen alle Völker zum Strafappell auf dem Schulhof antreten. Offensichtlich haben wir etwas sehr Schlimmes angestellt.

Aber was?

Strafarbeit für alle!

»Dieses Halbjahr habt ihr miserable Leistungen gezeigt. Für eure Zeugnisse müsstet ihr euch schämen!

AA für Frankreich, BBB für Portugal. Vom CC für Griechenland ganz zu schweigen… Die Finanzmärkte sind unzufrieden. Sehr unzufrieden!

Sie haben jedes Vertrauen zu euch verloren. Es

wird lange dauern, bis ihr euch das wieder verdient habt, so viel steht fest!

Deshalb gilt für euch ein neues Regiment: Ab sofort sind Defizite von über drei Prozent verboten.

Jede kleinste Überschreitung wird bestraft. Wir lassen euch nichts mehr durchgehen. Schulen, Krankenhäuser, Freizeit, Gehälter, Ferien, Renten – alles bis auf Weiteres auf Eis gelegt.

Oder wollt ihr etwa, dass die Zinsen auf eure Anleihen weiter steigen?

Ihr habt die Wahl. Aber so oder so: Eure Schulden müsst ihr selbst abstottern.

Deshalb werden auch alle eure Einkommensteuern bis auf Weiteres konfisziert. Damit ihr wenigstens eure Zinsen pünktlich zahlt. Eure Haushalte müsst ihr so lange eben anders finanzieren.

Die Rating-Agentur Standard & Poor's wird euch strengstens kontrollieren. Moody's und Fitch bewachen das Schulgelände, damit nicht irgendein Faulpelz auf die Idee kommt, unsere Austeritätspolitik einfach zu schwänzen.«

Wir müssen alle nachsitzen. Strafarbeit ist Pflicht.

Aber warum denn? Das ist ungerecht! Wir sind's nicht gewesen!

Wir waren wirklich brav und fleißig, wir Völker. Wir haben gearbeitet, konsumiert und Steuern gezahlt, wie man es von uns verlangt. Wir waren wirtschaftsliberal, kooperativ, sogar materialistisch. Das wolltet ihr doch …

Und wenn die Aktienkurse sinken, sinken sie halt – das macht uns nichts aus, wir haben doch gar keine Aktien…

Wir haben auch keine Kredite aufgenommen. Das waren wir nicht!

Und was ist so schlimm, wenn die Zinsen nicht gezahlt werden, es waren doch sowieso Wucherzinsen?

Und überhaupt: Warum habt ihr da oben für diese Kredite keinen festen Zinssatz vereinbart? Was? Ihr habt lieber Dispo-Kredite genutzt? Und bei irgendwelchen privaten und semiprivaten Kreditinstituten überteuerte Verbraucherkredite aufgenommen?

Ihr lasst also zu, dass ein paar Typen immer reicher werden, während alle anderen immer ärmer werden? Aber das ist nicht fair!

Bisher dachte ich immer, ich sei ein erwachsener Mensch. Aber jetzt komme ich mir vor wie ein unartiges Schulkind. Ein schreckliches Gefühl.

Wegen Morgen habe ich ein bisschen Lampenfieber. Am meisten Angst habe ich vor dem feierlichen Einzug, dem langen Weg zum Altar. Hinterher ende ich noch wie Iphigenie. Die wurde von ihrem eigenen Vater Agamemnon kurz vor dem Ja-Wort der Göttin Artemis geopfert.

Hoffentlich wird sich *meine* Familie nicht allzu sehr danebenbenehmen.

Ein Cousin von mir verscherbelt gestohlene Ware. Aber als Hehler ist er eine Niete. Er hat immer nur alten Kram im Angebot. Morgen wird er bestimmt versuchen, ein paar Videorecorder loszuschlagen …

Immerhin bin ich inzwischen bestens vorbereitet. Ich werde tief bewegt und doch tiefernst wirken. Doch, doch, das habe ich geübt.

»Ich frage Sie: Sind Sie hierhergekommen, um nach reiflicher Überlegung und aus freiem Entschluss mit Nummer 33 von sieben Milliarden den Bund der Ehe zu schließen?«

»Ich erhebe Einspruch gegen diese Verbindung!«

»Onkel Karl? – Nein, Liebling, alles ist gut, das ist nur mein Onkel Karl. Er ist ein Kommunist, weißt du… Onkel Karl, was machst du denn hier? Ich dachte, du wärst tot…«

»Du kannst dich unmöglich mit einem Vertreter des Kapitalismus vermählen. Er lebt von der Arbeit der Armen, weißt du denn das nicht, mein Kind? Das Kapitel ist von Kopf bis Zeh, aus allen Poren, blut- und schmutztriefend. Das habe ich dir doch schon erklärt: M/V, die Mehrwertrate, das Verhältnis der Mehrarbeit zur notwendigen Arbeit, anders ausgedrückt: die Ausbeutungsrate…«

»›Das Kapital ist aus allen Poren blut- und schmutztriefend…‹, aber Onkel Karl, wie kannst du so etwas sagen? Das ist nun wirklich nicht der richtige Ort dafür! Ich meine, ich verstehe ja, was du mir sagen willst, aber was soll ich denn machen? Ob ich nun bei einer Bank arbeite oder einen Milliardär heirate, das kommt doch letztlich auf dasselbe raus… Und außerdem haben sich die Zeiten geändert. Zu deinen Lebzeiten steckte der Kapitalismus ja quasi noch in den Kinderschuhen. Ein Arbeitgeber verdiente damals gerade mal das Zwanzigfache seiner Arbeiter. Boah, war *das* ungerecht… Wenn ich heute so reich werden will wie Carlos Slim, müsste ich zum französischen Mindestlohn vier Millionen Jahre lang arbeiten. Sorry, aber ich fürchte, dazu kann ich mich dann doch nicht aufraffen! Und ein chinesischer Arbeiter hätte sogar schon kurz nach dem Urknall anfangen müssen zu schuften... Na ja, und dann ist mein Zukünftiger auch wirklich supernett. Er hat mir ein Stückchen Dubai geschenkt, eine Wohnung in 750 Meter Höhe, ein Meisterstück pakistanischen Bauhandwerks. Von meiner Terrasse aus habe ich einen fantastischen Panoramablick... Also lass mich gefälligst in Frieden!«

Unsere Hochzeitsfeier wird traumhaft sein. Ich habe mich dafür von der teuersten Hochzeit seit Menschengedenken inspirieren lassen, der der Tochter von Lakshmi Mittal. Kostenpunkt: 55 Millionen Euro. Die Ausgaben für die Sause von Kate und William waren Peanuts dagegen.

Lakshmi Mittal – wissen Sie, wer das ist?

Nein?

Haben Sie ein Glück, dass ich Sie auf die besten Partien aufmerksam mache! Ohne mich würde Ihnen doch nichts Besseres einfallen als eine Heirat aus Liebe...

Lakshmi Mittal. Die Nummer 49. Reichster Mensch Englands.♥

Er ist Hindu – hat jemand damit ein Problem?

♥ Reicher als die Königin. Die ist nicht mal Milliardärin.

Er ist Vegetarier. Und er macht Yoga.

Ansonsten steht er auf feindliche Übernahmen, auf marode Unternehmen, auf Lohn- und Sozialkürzungen und die Abschaffung von Gewerkschaften.

Er war der Typ, der in den letzten Jahren die lothringischen Stahlwerke in Florange und Gandrange gekauft und geschlossen hat. Aber die wertvollen patentierten Herstellungsverfahren von Florange und Gandrange, die verwendet er natürlich weiter. In seinen anderen Stahlwerken. Er hat nämlich noch ein paar davon. In billigeren Gegenden der Welt.*

Hat jemand damit ein Problem?

Lakshmi Mittal stellt Stahl her. Das ist ein Metall – Eisen plus Sauerstoff minus Unreinheiten, glaube ich. Übrigens darf man eigentlich nicht einfach »Stahl« sagen. Es gibt nämlich viele verschiedene Stahlarten.

Lukshmi Mittals lukrativster Deal war jedenfalls Kasachstan. Er hat ein Stück davon gekauft. Eine ganze Region, mitsamt Eisenerzminen, Kohlevorkommen, Fabriken, Stromnetz, Eisenbahn, Hotels, Zeitungen… Da hat man ihm die Bewohner noch obendrauf gepackt. Als Gratisdreingabe, wie es bei größeren Geschäften so üblich ist.

Jährlich fliegt er mit seinem Jet zehnmal um die Welt. Der Mann muss Bonusmeilen ohne Ende haben… Die reichen locker für einen Gratisflug. Zum Pluto.

* Nur so ein Gedanke

Mittal ist der Anti-Attila.

Mister Mittal findet, dass Europa nicht wettbewerbsfähig genug ist. In Kasachstan ist Stahl einfach billiger.

Klar: In Kasachstan muss er ja auch nichts dafür bezahlen.

Sein Vermögen verdankt er zwei Jahrhunderten europäischer Stahlindustrie. Die will er jetzt zerschlagen, um möglichst hohe Renditen für seine Aktionäre zu erzielen – darunter auch er selbst (vierzig Prozent der Aktien befinden sich in seinem Besitz).

Um hübsche Renditen zu generieren, muss Stahl zu einem Spottpreis produziert werden. Und am besten mit unbezahlter Arbeitskraft.

Oder möglichst sogar mit Arbeitern, die obendrein Geld zahlen, anstatt welches zu verdienen. Doch, doch, so etwas gibt's auch. Wenn man sie beispielsweise auf dem Fabrikgelände unterbringt, dann müssen sie von ihrem Lohn Miete, Wasser und Strom zahlen, den sie selbst erzeugt haben.

Im Vergleich dazu wirken die Forderungen französischer Arbeiter geradezu maßlos. Sie haben schließlich Arbeitsplätze. Was bilden die sich da eigentlich ein, auch noch Lohnzahlungen und Investitionen zu fordern …

Preisfrage: Warum Konzerne kaufen, mitsamt Personal und Produktionsstätten – wenn man sie gleich anschließend dichtmacht?

Antwort: Fürs persönliche Vermögenswachstum! Inzwischen immerhin 13 Milliarden.

Und was wird Lakshmi Mittal mit seinen neuesten Gewinnen machen? Die Eisenerzminen der Welt aufkaufen? Die Erdkugel zum Tanz auffordern?

Mittal hat ein lukratives Geschäft gemacht, als er für 25 Milliarden Euro einen Packen französischer Stahlwerke kaufte, die zuvor ganze Generationen von Arbeitern, Ingenieuren und Steuerzahlern geschaffen und bezahlt hatten.

Und jetzt will er die Werke, die ihm nichts bringen, eines nach dem anderen schließen. Einfach so. Wie man Kerzen auspustet.

Mittal ist der Anti-Attila. Wo er vorbeikommt, wächst das Gras nach. Um die verlassenen Gleise herum, die Kipploren, die Walzstraßen.

Ich bin nach Florange gefahren, um mir selbst ein Bild zu machen.

Dabei musste ich möglichst unauffällig vorgehen, denn die Firmenleitung war noch im Amt. Also durfte ich mich nicht von den Sicherheitsleuten erwischen lassen, die das Gelände bewachten. Einer von den Pförtnern hat mich dann hineingelassen.

Vor nicht allzu langer Zeit produzierten die Hochöfen hier täglich Tausende Tonnen Roheisen, und Tausende Arbeiter strömten durch die Eingangstore ins Werk, genau wie schon hundert Jahre zuvor. Schwere Lastwagen fuhren ins Gelände und sogar Güterzüge. Die Heilige Jungfrau von Florange hatte gut zu tun, ihre schützende Hand über die vielen Menschen zu halten.

Aber als ich dorthin kam, lag das Gelände verlassen da. Niemand mehr da. Eine Einöde. Ein einziger Hochofen war noch in Betrieb, aber nur noch für ein paar weitere Monate. Und dann? Rückbau, Abriss. Ofen aus.

Und Lakshmi Mittal? Hat sich aus dem Staub gemacht – und von Florange patentierte Herstellungsverfahren wie etwa den Usibor-Stahl einfach mitgenommen. Er ist gegangen und hat sich die Ergebnisse von hundert Jahren Forschung und Entwicklung in die Tasche gesteckt. Mit dem »Superstahl Usibor« macht jetzt Mittals Konzern ArcelorMittal Kasse. Und zwar ganz legal. Mittal darf diesen Hochleistungsstahl in seinen Low-Cost-Stahlwerken produzieren – und Florange, wo Usibor entwickelt und patentiert wurde, hat seine Zukunft hinter sich.

Mittal ist gegangen und hat Ruinen und ruinierte Existenzen zurückgelassen.

Ich weiß, Mitleid mit den Opfern der Weltwirtschaft ist unangebracht, denn der Kapitalismus ist immer noch das beste System aller Zeiten usw. usf.

Scheidungen, Depressionen, Selbsttötungen – so etwas machen die Leute schließlich aus freien Stücken, deswegen ist noch nie ein Konzernchef auf der Anklagebank gelandet.

Tja, und die Alten, die nach der x-ten Werkschließung weder Lächeln noch Hoffnung übrig haben … sorry, Leute, aber das ist der Gang der Dinge!

Der Rückbau des Werks im Nachbarort Gandrange gehörte zu Mittals vertraglichen Verpflichtungen. Stattdessen hat er die Anlagen erst einmal verfallen und dann mehr schlecht als recht abreißen lassen. Dabei sind zwei Bauarbeiter ums Leben gekommen. Sie waren 27 und 50 Jahre alt.

Wer wird Mittal dafür zur Rechenschaft ziehen?

Keiner.

Mein Milliardär ist einfach süß. Irgendwie erinnert er mich an eine zarte Orchidee. Bestimmt ist er ganz behütet aufgewachsen, wie im Treibhaus, vollklimatisiert und fern der Welt. In der kennt er sich nämlich überhaupt nicht aus.

»Was ist das denn?«

»Das ist ein Bügeleisen! Und das da ist eine Glühbirne. Und da drüben, das ist ein Hund …«

Er glaubt immer noch, dass iPods in der Erde wachsen wie Karotten.

Und den aktuellen Hang von Beschäftigten zum Freitod, den findet er wahnsinnig romantisch …

»Liebes, ohne ihr tragisches Schicksal wäre Marilyn Monroe vielleicht nicht Marilyn Monroe!«

Tja, und bei France Télécom ist das genauso. 35 Selbsttötungen zwischen 2008 und 2009, das ist zweifellos bedauerlich. Aber ohne ihr tragisches

Schicksal wären Monsieur Lopez und seine Kollegen* bestimmt nie so bekannt geworden …«

So genau weiß ich gar nicht, was mein Zukünftiger beruflich macht.

Er macht Geld mit Geld.

Er hat nur ein einziges Manko: Er will nicht, dass ich weiter arbeite. Er sagt immer, dass nur die Armen arbeiten gehen.

Arbeiten *Sie* vielleicht?

Also bitte, damit müssen Sie unbedingt aufhören. So wird man doch nicht reich! Im Gegenteil: Die Arbeit hält Sie vom Nachdenken ab.

Stattdessen sollten Sie einfach etwas kaufen und es dann hundertmal teurer verkaufen.

Aber nein, das ist kein Diebstahl, das ist Profit! Und es ist nicht illegal.

Wie sagt mein Zukünftiger immer:

»Liebes, die Leute sind nicht dumm, aber sie machen sich einfach nicht genug Gedanken. Zum Beispiel über Preise und Gewinnmargen. Schau mal, wir zum Beispiel kaufen den Afrikanern für lau ihr Kupfer ab. Und dann verkaufen wir es für 6000 Euro die Tonne. Beim Uran ist es dasselbe. – Aber Liebling, was machst du denn für ein Gesicht? Es muss nun mal auch Arme geben auf der Welt, zum Arbeiten, zum Konsumieren und zum – wie nennst du das doch gleich? –, ach ja, zum Steuernzahlen. Denn *wir* tun das bestimmt nicht …«

Und dann gibt es ja praktischerweise auch noch die *Trickle-down*-Theorie. Das ist der Durchsicker-Effekt, zu dem es kommt, wenn die Reichen reicher werden. Das ist dann gut für die Armen. Die kriegen am Ende nämlich auch ein paar Tropfen davon ab.

Und weil sie kein Trinkwasser haben, sind sie damit auch schon ganz zufrieden.

Am schönsten ist es mit meinem Milliardär immer am Wochenende. Dann müssen wir lenzen, wie er das nennt.

Na, abpumpen! Denn wenn wir nicht ein bisschen was ausgeben, ertrinken wir am Ende noch in Liquidität.

Also reicht er mir beim Frühstück immer die Wochenendbeilagen seiner Zeitungen, *Madame Figaro* und *Femina*... Wobei, meine Lieblingsbeilage ist die von der *Financial Times* für uns Frauen. Sie heißt: *How to spend it.*♥

How to spend it, das bedeutet auf Deutsch so viel wie: Wofür könnte ich demnächst mal ordentlich Geld ausgeben?

In dem Heft gibt es immer jede Menge Anregungen.

♥ ... und sie ist echt toll! Sie erscheint alle 14 Tage mit der Samstagsausgabe. Und ein paarmal im Jahr gibt es Sondernummern mit Schwerpunktthemen: Yachten zum Beispiel, Schlösser, Gold...

Ein Mantel vielleicht? Oder eine Handtasche? – Nein. Hab ich schon. Reichlich.

Einen Picasso?... Würg! Ach, Liebling, nein danke. Er gefällt mir nicht recht.

Ah, das hier klingt ganz interessant: *Diving under the Great Wall of China.* Wäre das was für dich, unter der Chinesischen Mauer tauchen zu gehen?

Was? Das hast du schon mal gemacht?

Dann guck mal hier! Dank der Krise ist momentan überall Totalausverkauf. Die Griechen zum Beispiel, die verkaufen echt alles. Wenn du willst, können wir uns den Parthenon kaufen. Oder den Hafen von Piräus. Oder eine Nationalstraße. Die RN 154 – au ja, ich wollte schon immer meine eigene Mautstelle haben!

Und das hier, das wäre doch perfekt für unseren Drittwohnsitz... Ein *Jacob Sheep*. Das ist ein Schaf. Schwarz mit weißen Flecken, wie ein Dalmatiner. Es könnte den Rasen kurz halten. Wenn wir tausend davon kaufen, dürfte das für unseren Garten reichen.

Und du kannst es sogar zum Kampfhammel dressieren – dann hast du Rasenmäher und Dobermann in einem!

* Nur so ein Gedanke

Die Arbeiter haben immer Recht.

Seit Jahren ertragen sie prekäre Beschäftigungsverhältnisse, mangelnde gesellschaftliche Anerkennung und Löhne irgendwo zwischen gerade so erträglich und völlig unzumutbar. Wenn sie beschließen, die Arbeit niederzulegen – dann ist das darauf zurückzuführen, dass die Aktionäre den Bogen wahrscheinlich ein winziges bisschen überspannt haben.

Was man von den Arbeitern nicht unbedingt sagen kann. Bisher ist es jedenfalls noch nicht vorgekommen, dass sie streiken, um sich ein Anrecht auf Dividenden zu erkämpfen. Auf Aktienoptionen. Auf einen Dienstwagen oder ein Mini-U-Boot oder ein Privatflugzeug.

Die Gewinnmargen wachsen nun mal nicht in den Himmel – aber die Erwartungen profitgieriger Aktionäre offensichtlich schon.

Wenn ein Kind in eine Tüte Bonbons greift und mit seinem kleinen Händchen eine ganze Faust voll herauszieht, dann sagt man ihm, es soll die Bonbons wieder in die Tüte tun. »Die darfst du doch nicht alle aufessen!«

Warum erziehen wir Milliardäre nicht nach denselben Regeln, die Eltern für ihre Kinder aufstellen: »Nein, nein, nein! Man isst nicht den ganzen Kuchen, man isst nur ein Stück davon! Man springt nicht angezogen in einen Swimmingpool. Und man bringt auch nicht durch eine Fabrikschließung viele Menschen um ihre Existenzgrundlage, nur um ein paar anderen ein bisschen mehr Rendite zuzuschanzen.«

Ganz egal, wofür die Arbeiter kämpfen – sie haben in jedem Fall Recht.

Weil sie auch dafür kämpfen, dass das, was wir in unseren Läden kaufen und konsumieren, nicht mehr unter menschenunwürdigen Bedingungen produziert wird.

Sie kämpfen dafür, dass natürliche Aromen im Tee nicht durch chemische Zusatzstoffe ersetzt werden und dass Frankreich nicht auch noch seine letzten Stahlindustrie-Standorte verliert.

Sie kämpfen dafür, dass andere Arbeiter nicht wie Zwangsarbeiter für lächerliche Löhne schuften müssen und dass Not und Elend nicht zur allseits akzeptierten Norm werden.

Sie kämpfen, weil sie in jedem Fall Recht haben.

Noch bin ich keine Milliardärsgattin. Aber ich habe trotzdem jeden Tag mit Milliardären zu tun:

Mein Leben ist umgeben von Mautstellen. Jeden Tag passiere ich die automatischen Kassen von mindestens einem der 1826 reichsten Menschen der Welt. Ein Teil meines Monatsverdienstes landet zwangsläufig bei ihnen. Also treffe ich eine Auswahl. Ich versuche, möglichst allen gleich viel geben. Schließlich will man ja gerecht sein ... Wenn ich aus Versehen dem einen zu viel gezahlt habe, dann versuche ich, dem anderen zum Ausgleich etwas mehr zu geben.

Morgens nach dem Aufstehen trinke ich ein Glas Vittel (Nestlé-Bettencourt, Nummer 10). Ich mache mir einen Kaffee (Senseo/Kraft Foods, Warren Buffett, Nummer 3). Ich schalte mein Handy ein (Foxconn/Terry Gou, Nummer 240). Ich antworte auf eine SMS (SFR/Vivendi + Société Générale).

Oh, Mist, so gebe ich Vivendi einen Teil des Geldes zurück, das der Konzern mir gezahlt hat, als ich noch für Canal+ gearbeitet habe. Auch meine Bank hat soeben an mir verdient. Alles nur durch eine simple SMS.

Ein paar Joghurts kaufen bei Lidl (Nummer 46, wow!), ein Lächeln für den Gabelstaplerfahrer (Randstad Zeitarbeit, Nummer 405). Zum Mittagessen schnell zu Burger King (Nummer 26). Der Ketchup ist von Heinz (Mist, schon wieder Geld für Kraft Foods/Warren Buffett!). Zum Nachtisch ein Riegel Milka-Schokolade (noch mal Warren, jetzt kriegt er echt zu viel ab), nein, lieber ein Mars, das bringt verbrauchte Energie sofort zurück (Jacqueline Mars, Nummer 22).

Mit einem UBER-Fahrer (Garrett Camp & Travis Kalanick, Nummer 283) ins Kino (George Lucas, Nummer 309), ein bisschen Creme von L'Occitane (Reinhard Geiger, Nummer 894) auf die Hände. Um Zara mache ich einen Bogen (Amancio Ortega, Nummer 4), an H&M laufe ich vorbei (Stefan Persson, Nummer 28). Ich schalte meinen iMac ein (Laurene Jobs, Nummer 45, und schon wieder Foxconn/Terry Gou, Nummer 240). Ein paar Suchanfragen über Google (Sergey Brin + Larry Page, Nummer 19 + 20). Ich kaufe ein Buch bei Amazon (Jeff Bezos, Nummer 15) und zahle mit PayPal (Peter Thiel, Nummer 847, ein junger Typ, ich finde ihn sehr nett). Eine Statusänderung bei Facebook (Mark Zuckerberg, Nummer 16), einmal volltanken bei Total (Christophe de Margerie, kein Milliardär, aber schöner Schnurrbart – oh, pardon, er ist inzwischen tot), eine Parfumprobe von Chanel (Alain + Gerhard Wertheimer, Nummer 133).

Et voilà! Ein ganz normaler Tag, fair und gerecht. Jeder bekommt ein bisschen was ab, und danach kann ich endlich schlafen gehen (Dunlopillo Matratzen. Oh nein! George Soros, Nummer 29).

Die Reichen sind ganz anders als du und ich. Aber, unter uns gesagt: Daran gewöhnt man sich schnell.

Natürlich sollte man Opernliebhaber sein (keine Ahnung, warum), leidenschaftlich gerne Gurkensandwiches essen und sich fürs Abendessen grundsätzlich in Schale werfen.

Außerdem sollte man die Namen von Zierblumen kennen, lobende Worte für kleine Handwerksbetriebe finden und sich für den Erhalt von Tante-Emma-Läden aussprechen.

Vor allem aber sollte man sich dringend eine angemessene Ausdrucksweise für Reisen im Privatjet aneignen.

Beispielsweise fliegt man grundsächlich nie ab Roissy, Orly oder Beauvais – das ist was für Proleten.

»Man« fliegt ab Le Bourget. Das ist exklusiv, von da gehen nämlich nur noch Geschäftsflüge, tja.

Und man fragt Dinge wie: »Liebling, hast du die Schlüssel von der Cessna gesehen? Ich muss schnell ein paar Besorgungen machen …«

»Apropos: Was hältst du davon, wenn wir uns einen neuen Jet zulegen? Ich mag nicht so gern in Vorjahresmodellen reisen. Da fühle ich mich so, als würde ich in einem alten Kleid fliegen. Neulich habe ich das neueste Modell von Bombardier gesehen, den Global XRS. Er ist echt niedlich, fast wie ein überdimensionaler Schlüsselanhänger …«

»Sechzig Quadratmeter, alles in Leder … Und wusstest du schon, dass er in seiner Liga der Einzige ist, der einen Flug um die Welt mit nur einer einzigen Zwischenlandung schafft? Das wäre doch superpraktisch, um die Kinder von der Schule abzuholen!«

Wobei: In diesem Jahr sind Privatjets ja völlig out.

Dieses Jahr ist ein Linienflieger das absolute *Must-have*: der Airbus 380.

Man baut einfach die Sitze aus, und dann kann man alles Mögliche einbauen: ein Kino zum Beispiel. Oder ein Basketballfeld. Oder ein Bio-Restaurant. Pestizide sind nämlich *ganz* schlecht für die Gesundheit.

Wenn ich dran denke, dass 95 Prozent der Weltbevölkerung noch nie geflogen sind …

Aber das ist nicht schlimm, im Gegenteil! Es sind also gerade mal fünf Prozent der Menschheit, die mit ihrer Reiselust die Erdatmosphäre verdrecken …

Und für die Armen hat man sich etwas ganz Süßes ausgedacht. In Indien, in der Nähe von Neu Delhi, wurde eine ausrangierte Boeing abgestellt.

Für 125 Rupien, umgerechnet drei Euro, können da ganze Familien am Wochenende einen Flugzeugtrip machen. Sie ziehen ihren schönsten Sonntags-Sari an, beim Einstieg wird ihr Ticket kontrolliert, es gibt Stewardessen und Stewards und sogar einen Piloten. Sie bekommen Erfrischungsgetränke serviert und einen Imbiss auf einem richtigen Tablett. Und man macht sie mit den Sicherheitsvorkehrungen an Bord vertraut:

»Sehr geehrte Damen und Herren, willkommen an Bord der *Air Nowhere*. Wir bitten Sie, den Sicherheitsgurt zu schließen und festzuziehen. Wir demonstrieren Ihnen nun, wie Sie ihren Sitzgurt schließen und öffnen können … wobei, das müssten Sie eigentlich selbst wissen, schließlich wurden die Gurte in Indien hergestellt … Im Fall eines Druckverlustes – okay, in *Ihrem* Fall ist das recht unwahrscheinlich – fallen automatisch Sauerstoffmasken aus der Kabinendecke. Unter jedem Sitz befindet sich eine Schwimmweste … ach, was soll's, die Gebrauchsanweisung dafür schenken wir uns einfach. Die Dinger sind sowieso nur für die Reichen. So etwas wie Hoffnungslosigkeit können die nämlich gar nicht leiden. Aber, ganz ehrlich: Wir hätten denen genauso gut ein paar Skier unter die Sitze packen können. Oder Tauchermaske und Schnorchel. Kommt alles aufs selbe heraus.«

Es ist wirklich alles wie im Flugzeug – nur dass die Leute in dem Flieger halt nicht fliegen.

Aber wenn sie nach zwei Stunden wieder aussteigen, sind sie trotzdem happy.

Das ist wie im Zoo von Gaza. Da haben sie keine Zebras. Also malen sie Eseln Streifen auf. Erst bekleben sie sie rundherum mit Kreppband-Streifen, damit nichts verschmiert, und dann fangen sie an. Die Streifen sehen echt gut aus. Sind ja auch handgepinselt!

Das war jetzt übrigens ein *Running Gag*… Wenn man zweimal dasselbe sagt, ist das immer ein *Running Gag*. Handgepinselte Schulen, handgepinselte Zebras… kommen Sie schon, das war doch lustig! Haben Sie wenigstens meinen *Running Gag* über George Clooney mitbekommen? Auch nicht?

Mensch bin ich froh, dass ich morgen heirate…

Manchmal habe ich Schuldgefühle.

Dann denke ich: Die Armen, die sind wirklich arm dran! Aber mein zukünftiger Mann sagt dann immer, dass es mit den Reichen und den Armen genauso ist wie in der Nahrungskette: Das Plankton wird von den Fischen gefressen, die ihrerseits in den Netzen von den Fischern landen.

»Aber Liebes, bei Tieren hast du doch auch keine Schuldgefühle! Und bei den Armen und den Reichen ist das auch nichts anderes: Das Plankton, das sind die ganz-ganz Armen. Die Fische, das sind die Arbeiter, und die Fischer, das sind wir.«

»Bitte, Liebes, jetzt wein doch nicht… Du bist so ein Sensibelchen…«

»Also gut, wenn du möchtest, lass ich ein paar von ihnen frei. Dir zuliebe. Aber nur damit du Bescheid weißt, dann musst du dich auch um sie kümmern! Du pflegst sie, du fütterst sie …«

»Jetzt hör aber auf zu weinen! Die Fische sind doch nicht wirklich tot! Das war doch nur eine Metapher.«

»Guck mal, was ich hier habe: den Rationalisierungsplan für ein Unternehmen. Ich muss auf eine Gewinnmarge von vierzig Prozent kommen. Also muss ich 250 Arbeitsplätze abbauen. Wenn du willst, darfst du aussuchen, wer bleiben darf … Aber ich sag's dir gleich, du kannst sie nicht alle retten! Bis zur nächsten Verwaltungsratssitzung müssen es 250 Arbeitsplätze weniger sein! Und dass du mir ja nicht nur die Schwangeren und die Behinderten aussuchst – wir sind schließlich nicht die Heilsarmee.«

Und denk bitte nach, bevor du wieder einen von den Depressiven rettest. Beim letzten Mal wolltest du ja unbedingt einen von denen behalten – und dann hat sich der Typ zwei Wochen später umgebracht. Das war damals ein richtiges PR-Desaster!

»Nächstes Jahr schenke ich dir eine Stiftung, versprochen. Dann kannst du dich um arme Kinderchen kümmern. Nein, nicht die Kinder, die die iPods und Handys und Kabel ausschlachten. Die brauch ich noch. Ich meine die kleinen Afrikaner. Mit denen kann ich nichts anfangen. Aber du, du kannst sie dann mit *Plumpy Nut* füttern …«

Das war jetzt ein Insider-Gag. Den verstehen nur chronisch Unterernährte. Sie müssen wahrscheinlich erst im Internet nachschauen. Und dann werden Sie sich bestimmt kaputtlachen. Aber wer weiß. Vielleicht auch nicht.

Ist mein Zukünftiger nicht rührend besorgt um mich? Da finde ich es schön, dass ich ihm auch ein bisschen helfen kann. Denn jetzt, mitten in der Wirtschaftskrise, da braucht er mich.

»Liebes, komm doch mal her, ich muss dich was fragen. Wir sind ja in der Krise, und wo du immer noch tickst wie eine Arme, kannst du mir vielleicht auf die Sprünge helfen. Ich weiß einfach nicht, was los ist. Auf einmal ist alles so trist. Die Leute konsumieren nicht mehr, und sie besetzen lieber die Wall Street, als zu arbeiten, um ihre Schulden zurückzuzahlen. Sogar Warren will inzwischen Steuern zahlen, so besorgt ist er. Verstehst du das alles?«

»Ich? Mal sehen, lass mich kurz nachrechnen. Also. Nullkommanullnullnullnullnullzwei Prozent der Menschheit besitzen fünfzig Prozent des Reichtums – das seid ihr. Hmm… Ihr seid also reicher als dreieinhalb Milliarden Menschen. Bravo!«

»Na klar, und eine derartige Konzentration von Kapital in den Händen von gerade mal 1826 Menschen führt zum Zusammenbruch des Kapitalismus. Ihr habt halt das ganze System zum Absturz gebracht!«

»Doch, doch, abgesehen von euch ist die ganze Welt

arm. Stell dir mal vor, du würdest auf dem Schulhof beim Klickern alle Murmeln gewinnen – dann kann niemand mehr mit dir spielen. Das ist genau das, was gerade passiert… Immerzu haben die Armen brav gearbeitet, konsumiert und Steuern bezahlt. Bis ihr sie alle entlassen habt. Und mit euren *Subprimes* habt ihr ihnen dann auch noch ihr Zuhause weggenommen.«

»Weiß ich doch, dass das alles legal war. Und ich persönlich find's ja auch super!«

»Aber jetzt gibt's halt nirgendwo mehr was zu holen. Die Leute haben nur noch so wenig, dass sie alle einen auf *Bushcraft* machen…«

»*Bushcraft*? Das ist *Outdoor Survival*, da schnitzt du dir eine Tasse aus einem Baumstamm, du machst dir Seife aus Asche und einen Gaskocher aus einer leeren Coladose…«

»Nein, diese Leute würden dir keine Kühlschränke abkaufen. Elektrizität können sie noch nicht selber machen. Auch keine Handys. Deswegen steigen jetzt alle wieder um auf Bechertelefone…«

»Klar gibt es eine Lösung, um aus dem Schlamassel wieder rauszukommen. Aber die wird dir nicht gefallen. Die Renditen müssten verringert werden und die Löhne von den Leuten dafür erhöht…«

»Leute! *People!* Menschliche Wesen. Na klar kennst du die! Ein Kreis, das ist der Kopf, zwei Striche für die Arme, zwei Striche für die Beine… Genau! Diese komischen Gestalten, für die es Personalabteilungen gibt!«

Wo wir gerade bei der Krise sind, muss ich Ihnen noch etwas sagen: In Wirklichkeit ist das gar keine Krise. Das ist eine gigantische Abzocke. Das Geld, das damals auf einmal weg war, war eigentlich nur Monopoly-Geld – aus der Blase von den ganzen Spekulationen mit Aktien, Immobilien und Rohstoffen. Und jetzt verlangt man von uns, es mit echtem, sauer verdientem Geld zurückzuzahlen.

Die Milliardäre haben etwas echt Irres erfunden: den Geldsauger. Allen Menschen auf der ganzen Welt wird ständig ein kleines bisschen Geld aus der Tasche gesogen. Ein leises Geklingel wie ein paar Münzen im Staubsaugerschlauch – und schon ist es weg. Wohin es geht, weiß ich nicht, das weiß keiner so richtig. Aber eins steht fest: Dahinter stehen die Milliardäre und saugen. Und zwar mit dem Staubsauger ohne Saugkraftverlust!

Ohne den Geldsauger und ohne so Ideen wie die Erfindung des Computers ist es inzwischen echt schwer, Milliardär zu werden. Zumal wir den Konzernchefs den lieben langen Tag Kohle abdrücken, ohne es überhaupt zu bemerken. Selbst im Schlaf, selbst wenn wir nichts weiter tun als atmen – sie machen Gewinn. Kein Wunder, dass sie sich davon *Balloon Dogs* kaufen können …

Hey, das war jetzt ein Witz!

Pinault hat Yves Saint Laurent, Gucci und Daxon, wo die Omis Molton-Morgenmäntel kaufen können.

Und mit dem Geld, das wir ihm von morgens bis abends geben, hat er genau das gemacht: Er hat sich einen *Balloon Dog* gekauft. Einen riesigen Ballonhund. Nur dass der nicht aus Luftballons ist, sondern aus Stahl. Und von Jeff Koons.

Tja, das ist das Problem bei den Armen: Von moderner Kunst haben sie keinen blassen Schimmer.

Hoffentlich denken Sie jetzt nicht von mir, dass ich käuflich bin?♥

Das wäre ganz falsch! Ich habe mich nämlich auch schon einmal in einen Armen verliebt. In einen Chinesen. Er war *Mingong*, Wanderarbeiter.

Das war ein toller Typ, er konnte einfach alles. Du gibst ihm ein bisschen Erde und Wasser, und er macht dir daraus alles Mögliche. iPods, Sneakers, Batterieklemmen fürs Auto, Videorecorder …

Aber am Ende war es eine Frage des Fortbewegungsmittels. Fahrrad fahren finde ich furchtbar. Ich steh nun mal voll auf Flieger.

Und auf Autos mit Chauffeur. Die haben nämlich den Vorteil, dass man Handtasche und Mantel im Wagen lassen kann. Und weil man immer genau vor dem Eingang abgesetzt wird, braucht man selbst im Winter keine Nylons.

Das ist superpraktisch!

Ja, so ist das …

♥ intelligent

Morgen heirate ich also.

Es wird mir fehlen, das Arme-Leute-Dasein. Zu sechst in einem Zimmer schlafen, direkt aus dem Topf essen, zum Wärmen ein schönes Feuerchen machen. Und dann die Ferien: im Sommer *Center Parc*, im Winter Schneekugelschütteln.

Morgen heirate ich. Zur Hochzeit kriege ich bestimmt eine Kaffeemaschine von Nespresso und eine von diesen Lampen mit automatischem Farbwechsel. Hoffentlich kann ich die umtauschen.

Morgen heirate ich. Es hätte schlimmer kommen können. Vielleicht hätte ich eine Niere verkaufen müssen. Oder eine Netzhaut.

Morgen heirate ich. Und Sie, Sie wissen jetzt, wie Sie sich einen Milliardär angeln können. Ich hoffe, Sie werden es nächstes Jahr in die *Forbes*-Liste schaffen.

Morgen heirate ich. Ich werde Sie nie wiedersehen …

Sie werden mir fehlen.

PS

Wissen Sie, warum Steve Jobs damals einen angebissenen Apfel als Logo für seine Computer ausgesucht hat?

Es war einmal ein Mann, damals, in den fünfziger Jahren, der hieß Alan Turing. Er war der Vater der Informatik. Er hat den Binärcode erfunden, die Einsen und die Nullen, Sie wissen schon.

Er war homosexuell, er sah sehr gut aus, und er liebte den Film *Schneewittchen*.

Wegen seiner Homosexualität wurde er von den englischen Behörden strafrechtlich verfolgt.

Deshalb nahm er sich eines Tages das Leben. Und zwar, indem er in einen vergifteten Apfel biss …

Das Logo ist ein trauriges Zeichen zum Gedenken.

Doch doch, so was gibt's auch.

Und jetzt sind Sie dran!
Das große Quiz: Testen Sie Ihr Milliardärswissen!

Frage 1

In diese nach dem Vorbild von Vanisha Mittal gestaltete Hochzeitsfeier haben sich zwei Elemente eingeschlichen, die nicht hierhingehören. Wissen Sie, welche?

- Fünftägiges Fest
- 1000 geladene Gäste, inklusive Flugtickets und Hotelzimmer
- zwölf Boeings
- zwölfseitiges Hochzeitsprogramm in silbernen Schmuckkästchen
- Privatkonzert von Kylie Minogue
- 45 Köche
- 5000 Flaschen Mouton Rothschild
- 10 000 Blumengestecke
- Pyramide aus Prinzenrollenkeksen
- Gebirge aus Sandkuchen

Antwort:

Bravo! Natürlich gab es auf dieser Hochzeit weder eine Pyramide aus Prinzenrollenkeksen noch ein Gebirge aus Sandkuchen. Eine derartige Effekthascherei ist doch einfach vulgär!

Frage 2

In diese Hochzeitsliste, die bei Bernard Arnaults♥ Nobelkaufhaus *Bon Marché* ausliegt, hat sich ein Arme-Leute-Accessoire eingeschlichen. Wissen Sie, was gemeint ist?

- Tafelgeschirr aus der Porzellanmanufaktur Fürstenberg
- Kristallgläser von Baccarat
- Seidenbettwäsche von Porthault
- Tafelsilber von Christofle
- ein Penthouse im 163. Stock des Burj Khalifa
- ein Teppich von Pottery Barn
- ein Steak-Brandeisen mit dem Monogramm der Brautleute
- eine KitchenAid aus Gold
- ein Château-Herd von Cornue
- eine Rolex

♥ Nummer 13 von sieben Milliarden

Antwort:

Natürlich die Rolex. Die ist ein echtes Armutszeichen. Denken Sie nur an die bekannte Milliardärsweisheit: »Wenn du mit vierzig eine Rolex hast, dann wirst du es nie mehr zu etwas bringen.«

Frage 3

Was wurde zum Abendessen serviert, als am 8. Februar 2010 ein paar Milliardäre – unter ihnen George Soros – auf den Griechenland-Crash wetteten und damit Eurokrise und Austeritätspolitik lostraten?

1. frisches Obst und Vollkornflocken
2. ein Ferkel und eine Ziege
3. gegrilltes Zitronenhuhn, Filet Mignon und Champagner im *Townhouse*, einem exklusiven Privatclub in Manhattan.

Antwort:

1. Das hat Steve Jobs immer gegessen. Er war Frutarier. Voll öde.
2. So ernährt sich Mark Zuckerberg. 2011 ist er Flexitarier geworden. Seitdem isst er nur noch Tiere, die er selbst getötet hat. Völlig gaga!
3. Genau, das ist logischerweise die richtige Antwort auf die Frage. Milliardäre opfern keine Hühner, sie essen sie. Was damals passiert ist, war ja auch keine Hexerei – das waren nur ein paar Spekulanten. Und Spekulanten spekulieren nun mal. Das ist alles völlig legal. Also: kein Komplott – einfach nur Kapitalismus!

Frage 4

Die nachfolgenden Zitate stammen alle aus dem Munde eines Milliardärs. Wer hat was gesagt?

1. »Ich war über 1 000 000 Dollar schwer, als ich dreiundzwanzig war, über 10 000 000 Dollar, als ich vierundzwanzig war, und über 100 000 000 Dollar, als ich fünfundzwanzig war. Aber das bedeutete mir nicht viel, weil ich es nie des Geldes wegen getan habe.«
2. »Wissen Sie, ich war ein Mensch, bevor ich zum Geschäftsmann wurde.«
3. »Ich weiß ja nicht, wie es Ihnen so geht – *meine* Begegnungen mit Kassierern waren jedenfalls bisher in den seltensten Fällen bedeutsam.«
4. »Der Trick ist, nichts zu tun, wenn es nichts zu tun gibt.«
5. »Ich bin der Überzeugung, dass die Entwicklung eines eigens zum Lesen geschaffenen Geräts überfällig ist. Lesen bedeutet allen Menschen viel, die viel und gerne lesen.«
6. »Viel Übel in der Welt passiert unabsichtlich. Eine Menge Leute aus der Finanzszene haben völlig ohne Absicht eine Menge Schaden angerichtet.«
7. »Es ist der *Faktor Mensch* – die Motivation von 90 000 Individuen, zu der Verwirklichung eines einzigen Ziels beizutragen –, der es Inditex er-

möglicht, sich zu weiterem Wachstum zu verpflichten und außergewöhnliche Kapitalrenditen für Sie zu erzielen.«

8. »Wir haben schon immer schamlos gute Ideen geklaut.«
9. »Inditex ist zweifellos das schönste Unternehmen der Welt.«
10. »Gefühle sollte man grundsätzlich außen vor lassen.«
11. »Wir wollen, dass Google zu Ihrer dritten Gehirnhälfte wird.«
12. »Ich wünsche ihm wirklich das Allerbeste. Ich denke nur, dass er und Microsoft etwas engstirnig sind. Er hätte etwas mehr von einem ganzen Kerl an sich, wenn er einmal in seinem Leben Acid eingeworfen oder in einen Ashram gegangen wäre.«
13. »Wir sind eine sehr diskrete Familie. Wir reden nie.«
14. »Man geht da hin und stellt fest: Klar ist das eine Fabrik. Aber, mein Gott, immerhin gibt es auch Restaurants und Kinos und Krankenhäuser und Schwimmbäder. Für eine Fabrik ist das doch ganz nett.«

06

Antwort:

1. Steve Jobs (Apple)
2. George Soros (Soros Fund Management)
3. Jeff Bezos (Amazon)
4. Warren Buffett (Berkshire Hathaway)
5. Jeff Bezos (Amazon)
6. George Soros (Soros Fund Management)
7. Amancio Ortega Gaona (Zara)
8. Steve Jobs (Apple)
9. Amancio Ortega Gaona (Zara)
10. Lakshmi Mittal (ArcelorMittal)
11. Sergey Brin (Google)
12. Steve Jobs (Apple) über Bill Gates (Microsoft)
13. Alain Wertheimer (Chanel)
14. Steve Jobs (Apple) über Foxconn

Warrens Weisheiten – eine kleine Auswahl seiner besten Sprüche

- »Regel Nummer 1: Machen Sie niemals Verluste. Regel Nummer 2: Vergessen Sie nie Regel Nummer 1.«
- »Die Reichen werden immer sagen: ›Gib uns einfach mehr Geld, dann gehen wir los und geben mehr Geld aus, und schon sickert alles bis zu euch durch. Aber das hat in den letzten zehn Jahren nie funktioniert, und ich hoffe, dass die amerikanische Öffentlichkeit das langsam kapiert.‹«
- »Am sinnvollsten wäre es wahrscheinlich, die Steuern für Unter- und Mittelschicht und vielleicht sogar für die obere Mittelschicht noch weiter zu senken. Die Leute am oberen Ende der Skala – Leute wie ich – müssten hingegen meiner Meinung nach sehr viel mehr Steuern zahlen. Denn uns geht es besser als je zuvor.«
- »Unsere Regierung hat uns gebeten, gemeinsam Opfer zu bringen. Aber als sie sie einforderten, haben sie mich verschont. Daraufhin habe ich meine superreichen Freunde gefragt, welche Opfer sie bringen mussten. Doch auch ihnen wurde nichts genommen.«
- »Egal wie groß Talent und Fleiß sind, manche Dinge brauchen einfach Zeit. Man kann nicht in einem Monat ein Kind bekommen, indem man neun Frauen schwängert.«

- »Das Beste, was uns passieren kann, ist, wenn eine gute Firma vorübergehend Probleme hat. Wir wollen sie dann kaufen, wenn sie auf dem Operationstisch liegt.«
- »Ich verrate Ihnen, warum ich das Zigarettengeschäft so mag: Sie kosten nur ein paar Cent. Man kann sie für ein paar Dollar verkaufen. Sie machen süchtig. Und Raucher sind unglaublich markentreu.«
- »Die Milliardäre, die ich kenne, hat das Geld nicht zu anderen Menschen gemacht, sondern es lässt ihren Charakter stärker hervortreten. Wenn sie Idioten waren, bevor sie zu Geld kamen, sind sie jetzt eben reiche Idioten.«
- »Irgendwann sollten Sie das tun, was Sie wirklich tun wollen. Suchen Sie sich einen Job, der Ihnen Spaß macht, dann springen Sie morgens voller Elan aus dem Bett. Meiner Ansicht nach sind Sie nicht ganz dicht, wenn Sie immer wieder Jobs annehmen, auf die Sie gar keine Lust haben, nur weil Sie glauben, dass die sich in Ihrem Lebenslauf gut machen. Denn das ist doch fast so, als würden Sie jegliches Sexleben bis zum Beginn Ihres Rentenalters aufschieben, oder?«
- »Ich bin kein Geschäftsmann. Ich bin Künstler.«
- »Ich trage teure Anzüge. Aber an mir sehen sie billig aus.«

Marxist oder Milliardär?*

Sind Sie Marxist oder sind Sie Milliardär, wenn Sie …

1. … in London in der Dean Street Nr. 28 zu Abend essen?
2. … in Monte Carlo im *Hôtel de Russie* absteigen?
3. … ein modernes Fortbewegungsmittel als »unvertretbar« bezeichnen?
4. … sich mit Champagner, Portwein und Bordeaux auskurieren?
5. … der Familie des Gründers einer Küchengerätedynastie angehören?
6. … Ihren gesamten Lebenswandel dem Kapitalismus verdanken?
7. … ein Kind mit Ihrer Haushälterin zeugen?
8. … dem Geschlecht der Grafen von Argyll entstammen?
9. … fordern, dass die Reichen mehr Steuern zahlen?
10. … Ihren gesamten Besitz an die Armen verschenken wollen?
11. … Dinge sagen wie: »Je weniger du isst, trinkst, Bücher kaufst, in das Theater, auf den Ball, zum Wirtshaus gehst, denkst, liebst, theoretisierst,

* Dieses Ratespiel wurde erstmals in der Juli/August-Ausgabe 2012 der französischen Zeitschrift *L'Optimum* veröffentlicht.

Antworten

1. **Beides.** Karl Marx und seine Frau lebten unter dieser Adresse acht Jahre lang in einer kargen Zweizimmerwohnung. Von ihren sieben unter ärmlichsten Verhältnissen geborenen Kindern überlebten nur drei. Heute befindet sich im Parterre des Hauses ein gediegenes Restaurant, das »Quo Vadis«.
2. **Marxist.** Einige Monate vor seinem Tod logierte Karl Marx im *Hôtel de Russie.*
3. **Milliardär.** Warren Buffett verabscheut überflüssige Ausgaben. Er wäre sein Leben lang Linie geflogen, wenn er nicht eines Tages dazu gezwungen gewesen wäre, einen (gebrauchten) Privatjet zu kaufen. Also gab er ihm den Namen *Indefensible* …
4. **Marxist.** Zu Marx' Lebzeiten galt Alkohol als Stärkungsmittel. Daher bekam seine Familie von Friedrich Engels zu Weihnachten stets eine Auswahl guter Flaschen geschenkt.
5. **Marxist.** Lion Philips, Karl Marx' Onkel aus dem holländischen Zaltbommel, war der Großvater der Unternehmensgründer der Marke Philips.
6. **Beides.** Milliardäre leben von der Arbeit anderer. Marx lebte von dem Geld, das Friedrich Engels ihm zukommen ließ. Dieser wiederum war als einer der Nutznießer der großen familieneigenen Textilfabrik Ermen & Engels im marxschen Sinne ein Kapitalist.
7. **Marxist.** Karl Marx hatte ein Kind mit Helene Demuth, einer Deutschen, die ihr ganzes Leben mit der Familie Marx verbrachte. Sie ist sogar gemeinsam mit Marx und seiner Frau Jenny im Familiengrab beigesetzt. Milliardäre hingegen haben keine illegitimen Sprösslinge mehr, und wenn, dann nicht mit Hausmädchen, sondern mit Models …
8. **Marxist.** Jenny Marx, geborene von Westfalen, entstammt dem mächtigen schottischen Adelsgeschlecht des Duke of Argyll. Aus Solidarität mit dem Proletariat entschied sie sich für ein Leben in Armut. Ihr Familiensilber endete im Pfandhaus.
9. **Beides.** Dass Karl Marx Steuererhöhungen für Reiche forderte, ist hinreichend bekannt. Doch inzwischen sagt selbst Warren Buffett: »Meine Freunde und ich sind lange genug von einem milliardärsfreundlichen Kongress verhätschelt worden. Es ist an der Zeit, dass die Regierung Ernst damit macht, von allen ein Opfer für die Überwindung der Krise zu verlangen.«
10. **Milliardär.** Auf Initiative von Warren Buffett und Bill Gates haben inzwischen siebzig Milliardäre den Aufruf **The Giving Pledge** unterzeichnet, zu Deutsch: Das Versprechen, etwas herzugeben. De facto versprechen die Milliardäre allerdings nichts anderes, als Teile ihres Vermögens durch einen Steuerkniff vor dem Finanzamt zu schützen und ein paar Zinseinkünfte für wohltätige Zwecke zu spenden.
11. **Marxist.** Das Zitat stammt von Karl Marx.

singst, malst, fichtst etc., umso mehr *sparst* du, umso *größer* wird dein Schatz, den weder Motten noch Raub fressen, dein *Kapital.*«